KB233805

시련과 절망 앞에서 용기를 주는 이야기

초판 1쇄 인쇄 2004년 6월 3일
초판 1쇄 발행 2004년 6월 15일

엮은이 김동범
펴낸이 김철수
편 집 최봉식
디자인 김현민
마케팅 김진태 · 김규형
관 리 최경석 · 송무영

출 력 스크린출력센터
용 지 승일지업사
인쇄 · 제본 (주)상지 피엔비

펴낸곳 지원북클럽
등 록 1996년 12월 3일 제10-1371호
주 소 서울시 마포구 상수동 231번지 호수빌딩 301호
전 화 (02)322-9822~5 | 팩스 (02)322-9826

ⓒ 지원북클럽
ISBN 89-86717-90-5 03810

* 잘못 만들어진 책은 구입하신 서점에서 교환해 드립니다.

FRIEND BOOK

지원북클럽

시련과 절망 앞에서

용기를 주는 이야기

김동범 지음

좌절과 역경을 넘어 희망의 꽃을 피우기 위하여

사람은 누구나 미래에 대한 장미 빛 그림을 아름답게 수놓으면서 하루를 보낸다. 그러나 우리는 인생의 밑그림이 채 완성되기도 전에 삶의 노정(路程)에서 갖가지 우여곡절로 가슴앓이를 하고 수많은 걸림돌에 채여 좌절의 쓰라림을 맛보기도 한다. 어떻게 해야 난관을 헤쳐 나갈지 갈피를 못 잡는 경우가 많다.

때론 나만 일이 제대로 안 풀리는 것 같이 느껴질 때가 있다. 옆의 동료, 선후배, 친구들은 인정을 받으면서 쉽게 성공도 하고 돈도 벌고 출세가도를 달리는데 왜 나만 꼬인 실타래 같이 인생이 뒤엉켜 있는지 안타까움을 토로할 때도 있다. 그래서 슬럼프에 빠지기도 하고, 실패를 하게 되고, 그러다 실망을 넘어 좌절할 때도 있다.

타산지석(他山之石)'이란 고사성어가 있다. 다른 사람의 하찮은 일도 벤치마킹하면 나의 수양과 성공에 도움이 된다는 말이다. '온고지신(溫故知新)'이란 고사성어가 있다. 우리보다 앞서 인생을 성공적으로 산 분들의 삶의 철학과 가치관, 그리고 성공비결을 더듬어 되새기고 내 것으로 새롭게 가꾸고 일구어 나 자신을 드높이는 데 도움이 되게 하라는 말이다.

삶이나 처세, 일, 성공이 마음 먹은 대로 잘 안 풀릴 때 울적한 기분에 싸여 상심해 있다면 패러다임을 전환해 나보다 더 힘들게 살아가면서도 인생을 성공적으로 산 사람들의 발자취를 더듬어 보는 것도 의미가 있다. 그들의 삶은 위안으로서 뿐만 아니라 다시금 옷깃을 여미고 성공의 발걸음을 옮기게 하는 원동력이 될 수 있기 때문이다.

한 분야에서 뛰어난 업적을 거둔 사람들의 성공사례를 적극적으로 수용하여 실생활에 활용하면 윈윈 효과를 거둘 수 있다. 현재 하는 일을 보다 성공적으로 완결할 수 있다.

그러나 대부분의 사람들은 성공한 사람들의 결과만을 보고 그 결과에 쉽게 도달하지 않으면 이내 실망하고 포기한다. 해당분야에서 입지전적인 인물로 부각되어 성공을 향한 문을 열기까지 그들이 실패와 좌절, 절망과 역경, 고민과 갈등을 어떻게 극복해 나갔으며, 희망의 꽃을 피우기 위해 얼마나 혼신을 기울여 피나는 노력을 했는지 그에 대한 과정을 쉽게 간과해버리기 때문이다.

이 책은 동서고금을 막론하고 성공인생을 산 분들의 수많은 사례

담과 예화, 노하우, 그리고 처세와 관련한 정보, 우화, 에스프리 키워드, 성공 아포리즘 등을 비즈니스 시대인 오늘의 환경코드에 맞게 케이스 스터디 형식으로 폭넓게 제시한 석세스 가이드라고 할 수 있다.

따라서 여기 실려 있는 성공인들의 성공적인 삶과 그 처세술, 그리고 성공을 향한 패러다임 시프트와 석세스 키워드들이 당신의 성공에 디딤돌이 되고 적재적소에서 어느 길을 찾아가든지 로드맵 역할을 해 주길 기대해 본다.

2004. 3

김 동 범

차 례

제 1 장

성공에는 실패의 향기가 묻어 있다

성공은 실패의 가능성과 패배의 위험을 무릅쓰고 얻어야 한다.

위험이 없으면 성취의 보람도 없다.

- 레어 크록 -

반드시 밀물 때는 온다

정녕 마지막인 것만 같은 순간에 새로운 희망이 움튼다. 삶이란 그런 것이다.

태양이 어김없이 솟듯이 참고 견디면 보상은 반드시 있다.

– 앤드류 매튜스 –

미국의 유명한 교육자인 데일 카네기 (Dale Carnegie 1888~1955)가 세일즈맨이던 젊은 시절, 그는 수없이 거절을 당했다. 실적이 곤두박질을 쳐서 어느 달에는 성과가 전혀 없을 때도 있었다. 그는 절망에 빠져서 마치 세상 모두가 자기를 얕

보고 방해하는 것처럼 느끼기 시작했다. 그래서 사람조차 만나기 싫었다. 그러다보니 날마다 홀로 무위도식하면서 지내기 일쑤였다. 한참동안을 그렇게 방황하면서 지내던 어느 날, 그는 그림 가게 앞을 지나가게 되었다.

그때 창문 너머로 한 폭의 그림이 눈에 들어왔다. 모래사장 위에 볼품없이 놓인 낡은 나룻배를 그린 그림이었다. 그는 감전된 듯이 발걸음을 멈추고 그 그림을 유심히 바라보았다. 아마추어가 그린 보잘 것없는 그림이었다. 그림 속의 낡은 배는 절망스러운 느낌을 풀풀 풍기고 있었다. 그 맨 밑에 자그마한 글귀가 적혀 있었다. 카네기의 눈이 그곳에 머물렀다. '반드시 밀물 때는 온다.'

여기서 그는 영감을 얻었다. 큰 충격을 받고 인생의 전환점을 맞게 되었다. 그는 이렇게 다짐했다.

"그렇다. 지금이 나에게는 주위 모든 것이 썰물처럼 빠져나간 외롭고 힘든 기간이다. 그러나 참고 견디면 희망의 밀물이 나에게도 다가올 것이다."

카네기는 방황하던 그 시절 자기에게 새 삶을 살도록 이끌어 준 그 그림에 씌어진 글귀를 구세주로 생각하면서 다른 사람들에게 들려주곤 했다.

♠ 시인 존 밀턴(Milton, John)은 1608년 영국의 한 부유한 가정에서 태어나 1674년 66세의 나이로 세상을 떠날 때까지 격동의

세월을 살았다. 청교도 혁명과 왕정복고라는 거대한 역사적 사건 한 가운데로 직접 뛰어들었던 것이다. 그는 찰스 1세를 처형하라는 글을 쓴 이래 크롬웰 정권의 대변인이 되기도 하였다. 하지만 크롬웰(Cromwell, Oliver 1599~1658)장군이 죽은 후 왕정이 다시 복고되자 그는 정치적인 위기에 빠져 사형에 처해질 위기에 놓이게 되었다. 다행히 목숨은 건졌지만 설상가상으로 이 무렵 원래 좋지 않았던 시력을 잃어버렸다. 더구나 50대에 접어들면서 불행하게도 그만 실명하고 말았다.

그러나 젊었을 때부터 하느님에 대한 소명의식이 남달랐던 그는 비록 안팎으로 어려운 상황에 놓여 있었지만 이에 굴하지 않고 가장 비참한 시기에 《실락원(失樂園 : Paradise Lost)》이란 불후의 명작을 저술했다. 그가 앞을 못 보게 되자 사람들은 "이제 밀턴의 인생도 막을 내렸다."고 동정했으나 밀턴은 이런 명언을 남겼다.

'실명이 비참한 것이 아니라, 실명을 이겨낼 수 없는 나약함이 비참한 것이다.'

밀턴은 매일 새벽 4시에 일어나 집필에 몰두하였다. 이러한 각고 끝에 지은 대서사시인 실낙원으로 인해 영국에서는 셰익스피어에 버금가는 대시인으로 지금도 평가받고 있다.

♠ 사람들은 자기 일에 대해 너무 일찍 승부를 거는 경향이 있다. 그러나 위대한 업적을 남긴 사람들은 대부분 수많은 시행착오와

피나는 노력을 투자했다.

우리는 살아가면서 위의 두 사람처럼 간혹 절망이란 그림자를 만난다. 그러나 절망은 그것을 받아들이는 자에게만 절망으로서 효력(?)을 발휘한다. 절망을 이겨내는 가장 좋은 방법은 두려움 없이 대담하게 그 절망과 마주 대하는 것이다. 용기는 실패를 두려워하지 않는 마음이며 어려운 환경을 초월하는 능력이다. 끈기 있게 계속 전진하는 힘이다. 용기 있는 사람은 결코 실패에 굴하거나 좌절하지 않는다. 오히려 그 실패에서 뜻을 찾고 또 다른 성공의 길을 열어간다.

♠ 당신의 배가 지금 모래 위에 처량하게 놓여 있는가?

그러나 반드시 밀물 때가 온다는 것을 기억하자.

어려움도 장애물도 참고 견디면 어느 시점에는 걷히게 마련이다. 지금은 비록 썰물이 갑자기 밀어닥쳐서 배가 뜰 수 없지만 밀물 때는 반드시 온다.

때를 기다리면서 현재의 어려움을 극기(克己)하고 나아가는 용기와 집념이 중요하다.

장애나 시련에 지지 마라. 아마 오늘은 대처하는 법을 모를지도 모른다. 그래서 두렵고 질 수도 있다. 하지만 내일 다시 시도하라. 그러면 언젠가 극복할 수 있을 것이다. 희망의 봄은 달아나지 않고 당신이 오기를 기다리고 있다는 것을 알아야 한다.

내 사전에 불가능이란 말은 없다.

불가능이란 말은 바보들의 사전에서나

찾아볼 수 있는 낱말이다.

내 사전에는 불가능이란 말은 없다.

한 순간의 기회를 놓치게 되면

그것이 불행한 패배로 이어진다.

승리의 비결은 망설이지 말고

재빨리 결단을 내려 신속하게 행동하는 것이다.

가장 참된 지혜는 굳은 결심이다.

배워라! 실천하라! 시도하라!

나폴레옹

용기는 실패를 두려워하지 않는 마음이며 어려운 환경을 초월하는 능력이다. 끈기 있게 계속 전진하는 힘이다. 용기 있는 사람은 결코 실패에 굴하거나 좌절하지 않는다. 오히려 그 실패에서 뜻을 찾고 또 다른 성공의 길을 열어간다.

실패는 성공의 재료이다

성공은 실패의 가능성과 패배의 위험을 무릅쓰고 얻어야 한다.

위험이 없으면 성취의 보람도 없다.

– 레어 크록 –

세계적으로 유명한 발명가인 미국의 토머스 에디슨(Thomas Alva Edison 1847~1931)은 축전기를 만들기 위해 무려 2만 5천 번의 실험을 거쳤다. 그러나 결국 납을 대신 할 물체를 찾아낼 수 없었다.

어느 날 한 방문객이 그렇게 고지식하게 연구에만 몰두하는 에디슨이 딱하게 보여 핀잔 겸 위로의 말을 건넸다.

"2만 5천 번이나 실험에 실패했으니 얼마나 상처가 크십니까?"

그러자 에디슨은 이렇게 대답했다.

"아닙니다. 나의 실험에는 실패가 없습니다. 나는 2만 5천 번 실패한 것이 아니라, 다만 건전지가 작동하지 않는 2만 4천 9백 99가지 방법을 발견했을 뿐입니다. 2만 5천 번의 실패는 나에게 2만 5천 번의 실패 노하우를 가져다주었습니다. 이렇게 하면 안 된다는 것을 알았을 뿐입니다. 이것이 바로 실패하지 않은 이유입니다."

한번은 연구소에 화재가 발생해 소중한 실험기계를 모두 잃었다. 그는 까만 숯으로 변한 실험기계를 바라보면서 중얼거렸다.

"내가 범한 실수들이 모두 자취를 감추었다. 이 얼마나 감사한 일인가! 이제부터 새롭게 시작할 수 있으니 이 또한 얼마나 감사한 일인가!"

지금까지 일구어 놓은 모든 것이 원점으로 돌아가 다시 시작한다는 것 자체가 불가능하였지만 에디슨은 이를 낙관적으로 생각하면서 오히려 더 노력을 기울였다. 그의 놀라운 투지 덕분에 에디슨이 축음기를 발명한 것은 화재가 발생한 지 3주 뒤였다.

또한 에디슨은 전기를 연구하기 위해 하루에 네 시간씩 자면서 11만 번의 실험 끝에 드디어 성공했다고 한다.

노벨상을 두 번이나 받았을 정도로 많은 업적을 남긴 퀴리 부인으로 더 유명한 마리 퀴리(Marie Curie 1867~1934)는 4백 번의 지루한 실험 끝에 라듐을 발견했다. 그것은 에디슨이 무려 109,999번을 실패했다는 것이고 퀴리 부인은 399번을 실패했다는 것을 의미한다.

생애 통산 무려 1,300건이 넘는 특허를 얻어 인류 최후의 발명왕이라 불리고 있는 이 위대한 발명가 토머스 에디슨은 '천재는 1%의 영감과 99%의 노력으로 이루어진다. 나는 어떤 곤경에 부딪쳐도 결코 낙담하지 않는다. 값어치가 있는 일을 달성시킬 수 있는 필수조건은 세 가지가 있다. 첫째는 근면, 둘째는 참고 견디는 것, 셋째는 상식이다.' 라고 자신의 인생관을 피력했다.

'시련'과 '실패'를 새로운 출발점으로 삼았던 불굴의 의지와 낙천적인 인생관이 에디슨을 발명왕으로 만들었던 것이다. 에디슨에게 '실패'는 '성공'의 가장 좋은 재료였던 것이다.

♠ 영국의 유명한 낭만주의 시인인 존 키츠(John Keats 1795~1821)는 '실패는 성공으로 향하는 큰 길이다. 어떤 것이 잘못된 것인지를 알게 될 때마다 진실이 무엇인지를 알게 한다. 그리고 새로운 경험을 겪을 때마다 잘못이 무엇인지를 알게 되므로 그 다음부터는 실패하지 않게 된다.' 라고 하였다. 실패를 두려워하기보다는 최선을 다하지 못한 것을 두려워해야 한다. 최선을 다 했다면 설혹 실패하더라도 다시 일어설 수 있기 때문이다.

그리고 실패를 인정하는 긍정적인 사고는 그 사람을 보호해 준다. 실패의 원망과 한탄에서 헤어나지 못하여 자기 자신을 비탄에 빠뜨리는 것은 자기학대에 지나지 않는다. 인생의 낙관론자는 자기에게 꾸준히 힘을 실어주어 실패를 성공으로 바꾸는 칠전팔기의 가능성을 연출한다. 실패는 새로운 성공을 생산하는 재료이다.

시련과 역경은 심판이 아니라 나를 새롭게 하고 패러다임(Paradigm)을 바꾸는 전환점이다. 그래서 고난은 의미가 있고 실패도, 고통도 의미가 있다. 고난이 없으면 면류관이 없고 고통을 지불하지 않으면 얻는 것이 없다.

베스트 셀러《네 안에 잠든 거인을 깨워라》의 저자인 앤소니 로빈스(Anthony Robbins)는 미국뿐만 아니라 세계적으로 유명한 변화 심리학의 최고 권위자이다. 개인을 변화시키고 전문가와 프로들의 심리를 치유하며, 대기업과 팀의 조직을 혁신시키는 놀라운 결과를 이끌어 온 20세기 위대한 인물 중 한 명이다. 그러나 그가 성공인이 되기 불과 7년 전만 하더라도 일개 청소부에 지나지 않았다. 그가 지금 최고로 존경받는 성공인이 된 요인은 바로 '나는 할 수 있다.' 는 강한 의지의 표출이었던 것이다. 앤소니 로빈스는 일을 하다가 걸림돌이 발생했을 경우 이에 임하는 자세에 대해서 다음과 같은 유명한 말을 했다.

세상에 실패란 없다!

사람은 저마다의 문제를 안고 살며

실망하거나 좌절하기도 하는 법이지만,

삶에서 정말로 중요한 것은

어떻게 어려움을 딛고 일어서느냐 하는 것이다.

끈기 있게 계속 나아가라.

실패의 재료를 성공을 향해 쏟아 붓자. 이 재료를 사용하는데 두려워하지 말자. 포기하지 말자! 중단하지 말자! 끊임없는 고난 속에서도 자기 길을 묵묵히 걸어가는 착실한 한 걸음은 내일의 승리와 행복을 가져다준다.

절대로 포기하지 마라

당신은 세계 최대의 야망을 가질 수 있는 사람이다.

달을 정복할 야망을 가져라. 그런 당신의 야망이 실현되지 못하도록

막을 사람은 아무도 없다. 한 사람을 제외하고는

그것을 막을 사람이 없다. 그것은 바로 당신이다.

– 찰스 로스 –

어느 미국 대학농구팀의 성공신화에 대한 이야기이다. 1983년 올라주원, 드렉슬러 뿐만 아니라 P 슬라마 자마, 마이클 영, 래리 마이클 럭스를 비롯한 훌륭한 농구선수들이 라인업에 자리를 잡고 있었던 휴스턴대학의 '휴스턴 쿠거' 팀은 당

시 어느 대학의 농구팀보다도 막강한 전력을 자랑했다. 이들이 인기를 끈 것은 다름 아닌 화려한 고공 농구 덕분이었다.

매 경기마다 멋진 덩크 슛을 선보이며 팬들의 환호를 받았던 '휴스턴 쿠거' 팀은 1983년 NCAA (대학농구) 토너먼트에서 메릴랜드, 멤피스주립대학, 빌리노바 등 강팀들을 연속해서 물리치며 3년 연속4강 진입에 성공했다.

준결승 상대인 루이스빌 대학과의 경기에서도 휴스턴 쿠거팀은 그들의 장기인 화려한 슬램 덩크쇼를 선보이며 94 : 81로 승리하여 결승전에 나가 우승을 넘보게 된다. 이들이 올린 94점 중 22득점은 드렉슬러, 영, 슬라마 자마, 럭스의 화려한 덩크에 의한 점수였다. 이때 결승에 올라온 상대팀은 그 당시 토너먼트 진출 팀들 중 가장 약체로 평가받고 있던 노스캐롤라이나 주립대학이었다.

이 팀은 특출한 에이스 없이 매 경기마다 힘들게 싸워 간신히 결승전의 문턱까지 왔는데 이를 두고 사람들은 이변이라고까지 말했다. 하지만 이들의 결승진출 이변도 휴스턴 앞에선 역부족이라는 예상이 전문가들뿐만 아니라 팬들의 지배적인 의견이었다. 더 이상의 이변은 없다고 단언하였다. 이 노스캐롤라이나 주립대학은 감독인 짐 발바노(Jim Valvano)의 탁월한 지도 아래 비록 스타급 선수는 없었지만 소속 컨퍼런스의 강호인 전 대회 우승팀 노스캐롤라이나, 듀크 등을 모두 물리치고 도너먼트에 등장했던 것이다.

결승 예상은 일방적인 휴스턴의 우세였다. 하지만 결승전이 시작되자 예상은 빗나가고 말았다. 강력한 노스캐롤라이나의 수비 앞에 휴스턴의 고공 농구는 그야 말로 '무용지물'이 되고 말았다. 그들은 덩크 슛을 하나도 성공시키지 못했으며 결국 챔피언십 정상의 영광을 노스캐롤라이나 주립대학의 농구팀에게 물려주어야 했다.

♠ 당시 이 대학의 우승은 지금까지도 미국 NCAA (대학농구) 토너먼트 역사상 가장 큰 이변이라고 여겨질 정도로 예상을 뒤엎은 승리로 기록되고 있다. 그 이후 짐 발바노(Jim Valvano)감독은 미국에서 가장 존경받는 스포츠 지도자가 되었다. 또한 사람들에게 감명을 주는 유머와 영감 있는 해설을 하는 TV 저널리스트로서도 유명세를 떨쳤다. 그런데 그는 불행하게도 암으로 투병생활을 하다가 47세의 젊은 나이로 1993년 세상을 떠났다. 하지만 그 당시 질병과의 고통스런 싸움에 직면하여 그가 보여준 용기 있는 태도는 미국인들에게 더욱 기억될 만한 것으로 회자(膾炙)되고 있다.

그는 사망하기 얼마 전에 공영방송에 출연하여 이렇게 말했다.

"오늘날, 저는 다른 종류의 싸움을 하고 있습니다. 저는 점점 걷기도 힘들며, 또한 오래 서있기도 힘듭니다. 암이라는 질병은 나의 몸을 공격하며 파괴시켜서, 저의 육체적인 능력의 많은 부분을 빼앗아 가버렸습니다. 그러나 암이라는 것이 건드릴 수 없는 것이 딱 하나 있는데, 그것은 바로 저의 마음과 정신, 즉 저의 영혼입니다. 저는 인생에 대한 확실한 믿음을 가지고 있으며, 모든 것이 저를 위해 잘 될 것이라는 희망을 가지고 있습니다. 저는 결코 포기하지 않을 것입니다. 암이 엄습해 올 때는 천국에 가기 위해 최선을 다할 것입니다.

저는 과거 1983년 제가 데리고 있던 챔피언 팀 선수들에게서 큰 교훈을 배웠습니다. 그들은 나를 놀라게 했고 제가 확신하지 못했던 일들을 해냈습니다. 그들은 포기라는 것을 결코 알지 못했습니다.

챔피언 시즌 당시 우리 팀의 모토는 '절대로 포기하지 마라.' 는 것이었습니다. 이것이 제가 그들에게 가르치고 또한 그들에게서 배운 교훈입니다. 제가 마지막으로 여러 분에게 드리고 싶은 말이 있습니다. 포기하지 마십시오. 절대로 포기하지 마십시오."

♠ 경영학자요, 리더십 권위자로서 《성공하는 사람들의 7가지 습관》의 저자로도 유명한 미국의 스티븐 코비(Steven Covey) 박사가 전 세계의 성자들과 위인들, 성공한 사람들, 또 존경받는 사람들을 대상으로 폭넓게 연구한 결과 이들에게서 공통점을 발견했는데, 그 중의 첫 번째가 자기 맡은 일에 최선을 다했다는 것이라고 한다. 즉 자기가 맡은 일을 중간에 포기하지 않고 최선을 다하는 사람이 마지막에 가서 승리하고 존경받는 인물이 되는 것이다.

우리는 누구나 일생을 살면서 크고 작은 몇 번의 절망을 맞이한다. 그 절망을 극복한 사람은 그 자리에 남고 그렇지 못한 사람은 주저앉게 되는 것이다. 이 세상에는 절망하여 실패하는 사람보다 그것을 극복할 수 있는 지혜와 용기를 가진 사람이 더 많다. 이겨낼 마음만 있으면 이길 기회는 얼마든지 찾아온다.

그러나 이길 마음이 없으면 이길 방법도 없다. 사람이 살다보면 어떠한 순간에 어떠한 찬스가 자신을 찾아올 지 알 수 없다. 찬스가 다가올 때까지 절대로 포기하면 안 된다.

흙 속에 한 알의 밀알이 잘 심어져야 좋은 열매를 맺듯이 실패나 절망, 무리, 무능은 내가 심었던 것이 열매를 맺어 거둬들일 수 있는 밑거름의 역할이 됨을 명심하자. 당신은 할 수 있다(You Can Do It.)

한 알의 밀알도 썩어야 열매를 얻는다. 썩지 않으면 열매를 얻을 수 없다. 썩는 고통과 절망, 아픔을 거쳐야 화려한 꽃이 피는 것이다. 누구나 성공 뒤에는 남모르는 눈물과 고통과 아픔이 있다. 피와 땀과 눈물이 있다. 무대 위의 화려한 스포트 라이트보다 무대 뒤의 그늘진 과정을 눈여겨 보자.

모바일 게임업체인 '노리넷' 의 오대규 사장은 선천성 뇌성마비 3급 장애인이다. 얼굴은 일그러지기 일쑤이고 손은 오므러져 악수조차 힘들다. 지난 99년 말 6주 동안 온 갖 정성을 기울여 사업계획서를 작성해 투자회사를 찾아다녔다. 40여개의 창업투자회사를 찾아다녔지만 모두 거절 당했다. 하지만 그는 절망하지 않았다. 마침내 2000년 5월 현대·기아 벤처플라자로부터 연락이 왔다. 500 대 1 의 경쟁을 뚫고 투자업체로 선정되었던 것이다. 그것이 오늘의 그를 있게 한 첫걸음이었다.

포기하지 마라.

우리는 역경으로부터 미래의 힘을 키울 방법을 배워야 한다.

과거와 현재가 싸우도록 버려두면 미래를 잃게 될 것이다.

나는 여러분에게 피, 수고, 눈물,

그리고 땀밖에 달리 드릴 것이 없다.

자, 단합된 우리의 힘을 믿고서 우리 모두 전진하자.

모든 고귀한 것에는 대가가 있다.

그 대가는 인내와 관용이다.

윈스턴 처칠

절망을 극복한 사람은 그 자리에 남고 그렇지 못한 사람은 주저앉게 된다. 이 세상에는 절망하여 실패하는 사람보다 그것을 극복할 수 있는 지혜와 용기를 가진 사람이 더 많다. 절망은 성공의 열매를 거둬들이기 위한 밑거름이 된다.

자포자기는 인생을 망치는 주범이다

도중에 포기하지 마라. 망설이지 마라.

최후의 성공을 거둘 때까지 밀고 나가자.

- 데일 카네기 -

벼룩은 바닥에서 천장까지 뛸 수 있는 높이뛰기의 천재이다. 자그마치 자기 키의 약 8,000배를 뛸 수 있다고 한다. 인간으로 치면 170Cm의 성인이 무려 13.6Km의 높이뛰기를 하는 것과 마찬가지이다. 만화 같은 영화나 소설에서나 있을 법한

얘기이다. 실로 이 세상에서 벼룩만큼 자기 신체에 비해 높이뛰기를 그렇게 잘하는 생물도 없을 것이다.

그런데 그런 벼룩에 대한 재미있는 이야기가 있다. 벼룩을 잡아다가 주둥이가 큰 병 속에 집어넣은 다음 뚜껑을 닫아 놓는다. 그러면 벼룩은 밖으로 도망치기 위해서 계속 쉬지않고 높이뛰기를 시도한다. 그때마다 벼룩은 머리와 등을 병뚜껑과 수없이 부딪히게 된다.

그렇게 계속 부딪히다 보면 지치고 온 몸이 아파서 '아! 나는 이제 더 뛰어 봐야 아무런 소용이 없어. 더 이상 높이 뛰어 보았자 내 몸뚱이만 아파. 예전엔 안 그랬는데 내 능력의 한계는 이제 이 병뚜껑까지 뿐이야.' 라고 생각한다. 자기의 높이뛰기 한계를 단정 지어 버리고 만다.

그래서 높이뛰기를 포기한 채 작은 병 안에서 기어 다니기 시작한다. 그때 살며시 병뚜껑을 열어 놓으면 벼룩은 도망갈 생각을 아예 하지 않는다. 또 높이 뛰었다가 몸만 상하는 꼴(?)을 당하기 싫어서이다. 이제는 상황이 완전히 바뀌었기 때문에 한 번만 더 높이뛰기만 하면 밖으로 도망칠 수 있는 절호의 기회가 찾아 왔음에도 불구하고 벼룩은 높이 뛸 생각을 하지 않는다. '나는 할 수 없다. 못한다. 다시 시도해 보았자 소용없다.' 하는 쪽으로 의식이 굳어버리고 만 것이다.

♠ 이렇게 자기가 얼마든지 할 수 있는데도 하지 않는 것을 자포자기(自暴自棄)라고 한다. 즉 자포자기란 말을 우리는 '될 대로 돼라.'는 뜻으로 주로 사용하고 있는데 글자 그대로 새기면 '스스로 자신을 학대하고 스스로 자신을 내던져 버리는 것'을 뜻한다. 우리 인간도 벼룩과 마찬가지이다.

'나는 이제 지쳤다. 나는 이제 돈이 없다. 나는 이제 늙었다. 나는 이제 아무 것도 할 수 없다. 나는 이제 끝났다. 나는 학력이 약하다. 나는 이미지가 안 좋다. 나는 매력이 너무 없다. 나는 체력이 약하다. 나는 건강이 좋지 않다. 더 이상 해 봐도 아무런 소용이 없다. 나는 너무 머리가 나쁘다. 우리 집은 너무 가난하다. 나는 배경이 너무 없다……'

이런 이유들을 대면서 스스로 자책하여 포기하고 마는 경우가 너무나 많다. 우리 인간도 바로 병 속에 갇힌 벼룩과 마찬가지로 조건과 환경이 아무리 좋은 쪽으로 바뀌어도 현실의 벽이 너무 높다고 생각하면서 '못 한다'는 쪽으로 의식화 하고 만다.

한 번만 더 높이 뛰면 당신은 '할 수 없다'는 병의 틀 속에서 벗어날 수가 있다. 저 넓은 세상은 당신 것이다.

한두 번의 실패로 자포자기하지 마라. 자긍심은 자기신뢰와 자기존중에서 나온다. 당신의 성공과 승리는 바로 그 불가능의 병 속에서 뛰어나올 때 생기는 것이다.

승자와 패자의 차이

승자는 언제나 답을 제시하지만

패자는 언제나 문제를 제기한다.

승자는 언제나 계획을 갖고 있지만 패자는 언제나 변명을 한다.

승자는 "너를 위해 내가 그것을 하겠다."고 말하지만

패자는 "그것은 내 일이 아니다."라고 말한다.

승자는 모든 문제에서 답을 찾아내지만

패자는 모든 답에서 문제를 찾아낸다.

승자는 모든 모래 구덩이 근처에서 초원을 찾아내지만

패자는 모든 초원 근처에서 두세 개의 모래구덩이를 찾아낸다.

승자는 "어렵지만 가능하다."고 말하지만

패자는 "가능하지만 너무 어렵다."고 말한다.

승자는 항상 할 수 있다고 말하지만

패자는 항상 할 수 없다고 말한다.

승자는 일을 해결할 수 있는 방법을 찾지만

패자는 일을 피할 수 있는 방법을 찾는다.

승자의 입에는 솔직함이 가득하고 패자는 핑계만 가득하다.

승자는 넘어지면 일어나 앞을 보고

패자는 일어나 뒤를 본다.

승자는 패자보다 열심히 일하지만 시간의 여유가 있고

패자는 승자보다 게으르지만 늘 "바쁘다."고 말한다.

승자의 하루는 25시간이고 패자의 하루는 23시간밖에 안 된다.

승자는 구름 위의 태양을 보고 패자는 구름 속의 비를 본다.

디아스포라(Diaspora)

누구에게나 슬럼프는 있다. 그러나 나 자신이 슬럼프를 벗어나지 못하면 영원히 징크스에서 벗어나지 못하게 될 수 있다. 성공과 승리는 바로 그 불가능의 병 속에서 뛰어 나온 사람의 것이다.

슬럼프는 나를 업그레이드 시킨다

행복하게 지내는 사람은 대개 노력가이다. 게으름뱅이가 행복하게 지내는
것을 보았는가? 수확의 기쁨은 흘린 땀에 정비례한다.

– 윌리엄 블레이크 –

사람은 누구나 정도의 차이가 있을 뿐 인생을 살다보면 실패나 좌절, 슬럼프(Slump) 등 어려운 고비를 만나게 된다. 특히 공부나 일을 하다보면 슬럼프는 어느 때이든 오기 마련이다.

이것을 일컬어 '플래토(Plateau)'라고 하는데 이는 '학습이나 스포츠, 개인 작업과 같은 일에서 능률이 오르다가 더 이상 오르지 않고 정체되는 상태나 때'를 말한다. 일을 할 때 적성에 맞고 보람을 느끼고 실적까지 올라간다면 더 이상 바랄 일은 없을 것이다.

그러나 언제나 일이 잘 된다고 보장할 수는 없다. 자칫하면 의무적으로 하게 되고 매너리즘에 빠지기 쉽다. 때로는 의욕을 잃고 슬럼프에 빠지기도 한다.

이런 슬럼프 상태는 아무리 우수하고 재능이 뛰어난 사람이라도 피해갈 수 없다. 일단 슬럼프에 빠지면 활동의욕이 떨어져 일의 능률에 많은 영향을 주게 된다. 슬럼프를 극복하지 못하면 일의 페이스를 잃게 되고 극단적이 되면 직업 자체를 포기하는 경우도 발생하게 된다.

우리는 한 때 주위의 팬(Fan), 또는 직장상사나 동료들로부터 한껏 주목을 받던 프로선수, 연예인, 전문직업인, 세일즈맨 등 유명인들이 언제부터인지 슬럼프에서 헤어나지 못하여 결국 그 세계를 떠나는 사례를 종종 보아왔다. 그만큼 슬럼프는 인생을 뒤바꾸어 놓는 요인으로도 작용하고 있다. 그러나 자기에게 찾아온 슬럼프를 슬기롭게 극복한다면 더 큰 자신감을 얻을 뿐만 아니라 한 차원 높은 세계로 나아갈 수 있다. 특히 비즈니스의 세계에서는 이러한 사례들을 자주 만날 수 있다.

♠˚ 세계 톱(Top) 세일즈맨으로 이름을 날렸던 프랭크 베트커, 폴 마이어, 레터만, 조 지라드, 지그 지글러, 하라 잇베이 등도 모두 한 때는 슬럼프의 고통을 겪었던 사람들이다. 그러나 이들은 이러한 어려운 고비를 모두 용기 있게 극복해냈던 것이다. 이 사람들 중 같은 동양인으로서 일본 최고의 세일즈맨이었던 하라 잇베이의 슬럼프 극복에 관한 일화를 살펴보자.

그는 보험회사 세일즈맨으로 입사하여 3년이 갓 넘으면서부터 슬럼프를 맞이했다. 활동은 열심히 하는데 실적이 전처럼 오르지 않는 것이었다. 그래서 그는 이제 자기 자신은 틀렸다고 생각하기에 이르렀고, 급기야는 세일즈 생활을 포기하기로 마음먹고 다른 직업을 찾아 다녔다. 그때까지 다니던 회사를 완전히 그만두지는 않았지만 며칠에 한번씩 적당히 거짓말을 하면서 출근을 하지 않거나, 출근하더라도 실제로 활동은 거의 하지 않았다.

그러던 어느 날 그는 우연히 지나던 길에 조그만 절에 들어가게 되었다.(일본은 대체로 절이 동네에 위치하고 있다.) 그곳에서 그는 요시다라는 스님과 이야기를 나누게 되었다. 그는 스님에게 그간 세일즈 활동에 대한 고통과 갈등을 털어놓게 되었고, 이제 그 직업을 그만두려고 한다는 이야기까지 하였다. 하라 잇베이의 이야기를 다 듣고 난 뒤 스님은 이렇게 말했다.

"당신이 지금 겪고 있는 직업적 고통은 모두 당신이 만들어 낸 것이오, 당신이 하고 있는 세일즈 활동이 모든 세일즈맨에게 당신처럼 고통만 주고 있는 것은 아닐 것입니다. 오히려 그 직업을 통해서 큰 보람을 느끼고 있는 사람들이 몇 배나 훨씬 많을 것입니다. 사실은 직업이 당신에게 고통을 주는 것이 아니라 당신이 직업을 고통으로 만들어 나가는데 문제가 있는 것입니다. 세일즈맨으로서 생활해 나가기 전에 먼저 한 인간으로서 완성해 나가야 합니다. 즉 자기 마음 속에 싹트기 쉬운 나쁜 욕망을 제거해야 합니다. 그것은 나태일 수 있고, 허세일 수도 있으며, 더 나아가 공들이지 않고 열매를 따려는 헛된 욕심일지도 모릅니다. 당신은 우선 상대를 움직이려 하기 전에 먼저 자신을 움직여 나가야 합니다. 자기 자신을 이겨나가지 못하면서 어떻게 상대를 이기려 한단 말입니까? 지금 당신이 이 어려움을 이겨 나갈 수 있느냐 없느냐는 이 직업을 계속 갖느냐 아니냐가 아니라, 당신 마음을 바꿀 수 있느냐 없느냐에 달려 있다는 것을 깨달아야 합니다."

이 충고의 말에 그는 크게 깨우침을 얻어 지금까지 자기가 성과를 올리지 못했던 것을 '직업의 탓'으로 돌렸던 생각을 바꾸어 자기에게 문제가 있음을 깊이 뉘우쳤다.

하라 잇베이는 스님의 충언처럼 "이제부터 나는 내 자신과 싸워 나가야 한다."고 마음속 깊이 외치고 또 외쳤다. 이렇게 하여 그는 어둡고 절망적인 터널과 같은 슬럼프를 말끔히 씻고 새로운 전기를 맞게 되었으며 결국 일본 최고의 세일즈맨으로 성공할 수 있었다.

♠ 자기 능력과 노력으로 새로운 업적을 만들어 나가야 하는 사람들은 슬럼프라는 어려운 시기를 맞이하는 경우가 종종 발생하는데 이러한 시기는 그 직업뿐만아니라 인생에서도 매우 중요한 전환점이 된다. 슬럼프에 빠지는 이유는 계속적으로 실패가 연속되거나 어떤 일을 이루고 난 후에 생기는 탈진증후군 때문일 수도 있다. 만일 이때 빨리 탈출하지 못하면 자칫 그대로 그 자리에 주저앉고 마는 수도 있다. 이럴 때에는 움츠리지 말고 적극적으로 대처해 나가야 한다.

만약 슬럼프에 빠져 있다면 '지금은 다음 단계로 진보하기 위한 준비단계이다.'라고 적극적으로 생각해야 한다. '잘 될 거야. 나는 잘 할 수 있어.' 하는 마인드컨트롤로 슬럼프에 적극 대처해야 한다.

예를 들어 '오늘은 무엇을 할까?' 하는 대상을 구체적으로 정해서 단기 목표를 실행해나가다 보면 잡념도 없어지고 의욕도 생기게 된다. 목표를 진지하게 대하는 자세에서 일의 보람이 솟아나오기 때문이다. 슬럼프에 빠지면 위축되어 일이 귀찮아지지만 억지로라도 일을 만들어 고쳐 나가야 한다. 또한 현재의 일에서 벗어나 조용히 리프레시(Refresh)휴가를 갖는 것도 한 방법이 될 수 있다. 잠시 휴식을 취했다가 일을 다시 시작하는 여유가 작은 슬럼프를 극복할 수 있는 길이 될 수 있다. 슬럼프는 누구에게나 찾아오는 것이지만 개개인의 성격이나 사고방식에 따라 그 종류가 달라진다. 자기가 어떤 타입인지를 알면 슬럼프 극복도 쉬워진다.

우리는 일을 하다가 일시적으로 답보상태가 오면 당황하여 무의식중에도 최악이란 말을 사용하며 자포자기에 빠져드는 경우가 있는데, 시한부 인생을 살아가는 환자 이외에는 어느 경우도 인생에 최악은 없다. 이럴 때에는 반드시 언젠가 잘 될 때가 올 것이라고 자위하면서 긍정적으로 생각하는 자세가 중요하다. 그리고 일이 잘 풀렸던 시절을 회상하며 위안을 갖는 것도 좋은 방법이다. 그렇다고 과거의 향수에만 젖어서는 안 된다. 슬럼프에 빠져있을 경우에는 본래의 내 모습을 확인하고 의욕과 자신감을 찾는 일이 무엇보다 중요하다.

다시 한번 강조하지만 슬럼프는 누구에게나 찾아오는 통과의례라고 생각해야 한다. 슬럼프를 극복한 사람만이 성공에 이를 수 있다. 각계각층에서 두각을 나타내고 있는 스타나 지도자, 전문가 등 유명인들을 보면 그들은 하나같이 나름대로의 슬럼프를 극복하고 최고의 자리에 올라선 사람들이다. 따라서 슬럼프에 빠지면 좌절하지 말고 이를 빨리 극복할 수 있는 강한 정신으로 무장해야 하며 하루 속히 털고 일어날 수 있는 인내와 노력이 필요하다. 만일 현재 당신이 슬럼프에 빠져있다 하더라도 절대 절망할 필요는 없다. 사람이 물에 빠졌다고 다 죽는 것은 아니다. 무엇보다 슬럼프에서 벗어날 수 있는 마음가짐과 용기와 지혜가 필요한 것이다. 무엇을 할 때에는 항상 '할 수 있다'는 자신감을 갖는 것이 중요하다.

> 내 마음아 깨어라.
>
> 어려운 환경이 닥쳤을 때 뛰어난 태도를 지닌 사람은
> 최악의 상황을 최대한으로 이용한다.
>
> 인생은 숫돌에 비유될 수 있다.
> 숫돌이 당신을 갈아 없애느냐, 그렇지 않으면
> 당신을 윤이 나게 갈아주느냐는
> 당신이 그것을 어떻게 이용하느냐에 달려있다.
>
> J. 시드로우 백스터

만일 현재 당신이 슬럼프에 빠졌다 하더라도 절대 절망할 필요는 없다. 슬럼프에서 벗어날 수 있는 마음가짐과 용기와 지혜가 필요한 것이다. 슬럼프는 누구에게나 찾아오는 불청객이다. 단지 이를 슬기롭게 극복할 수 있느냐의 차이가 성공과 실패를 낳게 하는 것이다.

아! 불과 1m 앞에다 두고……

신대륙 미국이 온통 '골드러시(Gold Rush)'로 흥청거릴 때인 19세기말 애리조나주의 툼스톤에서 열심히 금광맥을 찾고 있는 달비라는 사람이 있었다. 그는 금광에 미쳐 있었다. 언젠가는 광산에서 금맥을 찾아 부자가 되겠다는 신념으로 불타고 있었다. 그래서 일확천금의 꿈을 안고 삼촌과 함께 서부의 금광을 찾아 왔던 것이다.

농토를 판 돈을 투자한 그는 몇 년간 철저히 사전조사를 하여 금광이 파묻혀 있다고 판단되는 작은 산을 찾아냈다. 그리고는 몇 주일 뒤 한 200m 정도 파들어 갔을 때 마침내 빛나는 황금 맥을 발견할 수 있었다.

그는 남의 눈을 피해 흙으로 금맥을 덮고 지상으로 황금을 운반할 기계를 구하기 위해 고향으로 돌아가 성공담을 늘어놓았다. 많은 사람들이 앞을 다투어 그에게 돈을 투자하겠다고 나섰다. 그는 채굴기를 사가지고 금광으로 돌아왔다. 금은 자꾸만 쏟아져 나왔고 거부가 되는 것은 이제 시간 문제였다. 그런데 어느 날 뜻하지 않았던 일이 벌어졌다. 금맥이 갑자기 뚝 끊어지더니 흙덩이만 나오는 것이었다.

행운의 여신은 더 이상 달비를 받아들이지 않았다. 금광의 맥은 끊어지고 더 이상의 노다지가 나오지 않았으므로 그의 꿈은 무지개처럼 순식간에 사라져 버렸다. 그 동안 캐 놓았던 금마저 그 금광에 모두 쏟아 부어야 했다. 이제는 노임 지불 능력마저도 없어져서 광부들은 모두 떠나가고 결국은 폐광이 되고 말았다.

그는 결국 채굴을 단념했다. 광산을 포기하고 채굴기를 고철상에 팔아치우고 난 후 툼스톤을 떠나 고향인 동부로 다시 돌아왔다.

그런데 달비로부터 채굴기를 산 고철상은 매우 궁금했다. '그 좋은 금맥이 그처럼 허망하게 사라질 수 있단 말인가!' 하는 의문을 품었다. 그 고철상은 자기가 직접 금광을 인수하였다. 그는 생각하기를 '금이 나오던 금광이 갑자기 금이 안 나올 이유는 절대 없다.' 고 확신했던 것이다. 그래서 광산기사를 초청하여 산의 특성을 조사해 본 결과 금맥의 단층을 찾아야 된다는 결론이 나왔다.

고철상이 찾아낸 금맥의 단층은 달비가 중도에 포기했던 그곳에서 불과 3피트, 즉 1m도 채 떨어지지 않는 바로 그 밑에 있었던 것이다. 그 즉시 광부들을 동원하여 작업을 재개하였는데 거기에는 이제까지 발견한 어떤 금광보다 풍부한 광맥이 묻혀 있었다.

엄청나게 많은 금이 달비가 파기를 중단했던 곳으로부터 겨우 1미터밖에 안 되는 깊이에 묻혀 있었던 것이다. 새 주인인 고철상은 그 광산에서 나온 금으로 마침내 거부가 되었다.

얼마 후 달비는 팔아버린 금광에서 노다지가 쏟아져 나온다는 소문을 들었다. 달비는 반신반의하며 자기가 운영하였던 금광에 찾아갔다. 금광의 새 주인은 바로 자기가 채굴기를 판 고철상이 아닌가? 금광의 새 주인은 달비에게 '당신이 지금까지 파놓은 곳에서 겨우 3피트를 더 판 결과로 얻은 행운이었다.' 고 하며 고마움을 표시해왔다. 그리고 새로 금맥을 발굴하게 된 자초지종을 들려 주었다.

달비는 땅을 치며 통곡했다. "불과 몇 분만 더 파 보았더라면…." 그러나 백날 후회해도 소용없는 일이었다. 그후 달비는 완전히 정신자세를 바꾸었다. 고향을 떠나 시카고의 보험회사에 입사하여 보험설계사가 되었다. "나는 노다지가 있는 바로 3피트(약 1m) 앞에서 행동을 멈추었다. 그러나 이제 고객 앞에서는 결코 물러서지 않으리라."

그는 만나는 사람마다 보험에 들것을 권유하였지만 계속 거절만 당했다. 그때마다 과거의 아픈 기억을 되살렸다. 내가 한 번만 더 땅을 팠으면 백만장자가 되었을 텐데, 내가 한 번만 더 권유하면 이 사람이 보험에 들지도 모른다는 생각에 끈질기게 보험을 권유했다. 이런 세일즈 철학으로 임한 결과 어느 사이에 달비는 미국에서 최고의 보험세일즈맨으로 재탄생하였다.

그는 보험왕이라는 별명을 얻을 정도로 미국 최고의 톱 세일즈맨이 되어 부와 명예를 차지할 수 있게 되었다. 그는 성공한 후 '인간은 광산에서 금을 캘 수 있다. 그러나 인간이 캘 수 있는 더 값진 금은 인간의 두뇌와 마음으로부터 캐는 금이다.' 라는 명언을 남겼다.

만일 달비가 좌절의 순간에 광산 전문가를 초청하여 새로운 시도를 해보았더라면 행운은 그의 것이 되었을 것이다. 바로 '최후의 1분', '최후의 1m'를 참아내지 못했던 것이다. 모든 실패에는 꼭 한 가지 공통된 원인이 있다. 사람들이 일시적으로 좌절했을 때 다시 일어서려고 노력하지 않는다는 점이다.

프랑스의 정치가로 총리를 지낸 조르주 클레망소(1841~1929)는 '행운은 눈 먼 장님이 아니다. 노력하지 않아도 찾아오겠지 하고 바라지 마라. 행운은 부지런한 사람만을 찾아간다. 앉아서 기다리는 사람에게는 영원히 행운이 깃들이지 않을 것이다. 걷는 사람만이 앞으로 갈 수 있다.'라고 하였다.

우리의 성공도 달비가 파기를 중단한 이 금광맥의 발견과 같다고 할 수 있다. 끈기 있게 노력했으나 성공하지 못했다는 것은 변명에 지나지 않는다. 그만두려고 할 때 1m만 더 파내려 갈 끈기와 용기만 있으면 성공한다. 성공은 우리를 기다려주지 않는다. 우리의 손으로 잡아야 한다. 성공하기 위해서는 보다 높게, 그리고 보다 깊고, 멀리 내다보고 뛰어가는 자세가 필요하다. 불과 1m 앞도 내다보지 못해 자기 자신을 실패자로 만드는 지독한 인생의 근시안이 되지 말자. 성공하는 사람은 대부분 승부근성이 강한 파이팅(Fighting) 넘치는 삶의 소유자이다.

리처드 바크의 《갈매기의 꿈》이라는 책을 보면 '높이 나는 새가 멀리 본다(The gull sees farthest who flies highest.)'라는 말이 있다. 높게 날아야 멀리 보인다. 용기와 희망을 갖고 높이 날아라. 미래는 당신의 손 안에 있다. 언제까지 '우물 안 개구리'처럼 살 것인가?

"넌 다음 격언을 알고 있을 테지. 이건 진실이야. 가장 높이 나는 갈매기가 가장 멀리 본다는 걸 말이야. 너의 옛집에 있는 갈매기들은 땅위에서 서로 꽥꽥 싸움질만 하고 있어. 그들은 수천 킬로미터나 떨어진 곳에 있어…"

포기하지는 말아야지.

이따금 일이 잘 풀리지 않을 때

험한 비탈을 힘겹게 올라갈 때

주머니는 텅 비었는데 갚을 곳이 많을 때

웃고 싶지만 한숨을 지어야 할 때

주변의 관심이 오히려 부담스러울 때

필요하다면 쉬어가야지, 하지만 포기하면 안 되지!

인생은 우여곡절 굴곡도 많은 법

사람이라면 누구나 깨닫는 바이지만

수많은 실패들도 나중에 알고 보면

계속 노력했더라면 이루었을 일

그러니 포기는 말아야지, 비록 지금은 느리지만.

한 번 더 노력하면 성공할지 뉘 알까!

성공과 실수는 안팎의 차이

의심의 구름 가장자리에 빛나는 희망

목표가 얼마나 가까워졌는지는 아무도 모를 일

생각보다 훨씬 가까울지도 모르지

그러니 얻어맞더라도 싸움을 계속해야지.

일이 안 풀리는 시기야말로 포기하면 안 되는 때!

애드거 앨버트 게스트

끈기 있게 노력했으나 성공하지 못했다는 것은 변명에 지나지 않는다. 성공은 우리를 기다려 주지 않는다. 우리의 손으로 잡아야 한다. 성공하기 위해서는 보다 높게, 그리고 보다 깊고, 멀리 내다보고 뛰어가는 자세가 필요하다. 그리고 성공을 하려면 먼 앞날을 내다보면서 직업을 잘 선택해야 하고 이왕 직업을 선택했으면 그 곳에서 성공의 잔을 마셔야 한다. 여기저기 기웃거리는 인생은 낙오자를 만들 뿐이다.

노력하는 자에게 방황은 필요악이다

행복하려는 것은 권리이지만 인간으로서 할 수 있는 한

알고 싶은 것을 배우고, 자신에게 최고의 기쁨을 가져다 줄 재능과 능력은

연마해야 함이 분명히 요구된다.

– 버트런드 아서 윌리엄 러셀 –

인간은 극한 상황 속에서도 결코 포기
하지 않고 용기를 가지고 사력을 다할 때 자기 능력 이상의 놀라운
기적적인 힘을 발휘하게 된다. 결국 우리가 인생역정을 열어가면서
무수히 부딪치게 되는 극한 상황들을 극복하느냐 마느냐 하는 것은

곧 정신력의 문제로 귀결된다.

이를 잘 묘사한 것이 미국의 여류 소설가 마가렛 미첼(Mitchell, Margaret 1900~1949)의 《바람과 함께 사라지다》의 핵심 줄거리인 '살면서 힘들고 어려운 일을 만나더라도 절망하지 않고 희망 속에서 살아간다면 반드시 좋은 날이 온다.'는 대목이다.

농장 대 지주의 딸로 빼어난 미모의 소유자인 소설의 여주인공 스칼렛 오하라는 자유분방하고 고집이 센 아가씨로 뭇 남성들의 사랑을 독차지 하고 있었다. 그러나 정작 그녀가 마음에 두고 있는 사람은 이미 다른 여자와 약혼한 애쉴리 윌크스였다. 사랑을 고백하지만 그는 정중히 거절하고 멜라니와 결혼식을 올린다. 스칼렛은 그 분풀이로 멜라니의 오빠인 찰스와 결혼한다. 그런데 찰스가 남군의 병사로 전쟁에 출정한지 얼마 후 전사했다는 통보가 온다.

전쟁의 폐허 속에서 미망인이 된 스칼렛은 레트 버틀러의 도움을 받아 농장으로 돌아온다. 그녀는 모든 것이 사라진 농장을 억척스럽게 일으켜 세우며 가족들을 돌보지만 생활은 점점 더 어려워져 간다.

마침 동생의 애인인 장사꾼 프랭크가 경제적인 여유가 있다는 것을 알고 그를 유혹하여 두 번째 결혼을 한다. 이 일로 동생은 언니를 저주하지만 스칼렛에게는 살아가는 것이 더 중요했다.

그녀에게 있어 사랑이란 애쉴리뿐이었으므로 결혼은 살아가기 위한 한 가지 방편일 뿐이었다. 그러나 프랭크마저 북군과의 말썽으로 살해되고 만다.

또 다시 혼자 몸이 된 스칼렛은 레트와 세 번째 결혼을 하고 딸 보니를 낳는다. 그러나 여전히 애쉴리를 잊지 못하는 스칼렛을 보면서 레트는 이혼을 결심하고 딸 보니를 데리고 런던으로 떠나갔지만 엄마가 그리워 우는 딸의 모습을 보고 마음을 돌려 다시 돌아온다. 그런데 딸 보니가 승마를 배우다가 그만 말에서 떨어져 죽는 사고가 발생한다. 그리고 애쉴리의 아내 멜라니 또한 과로로 쓰러져 세상을 떠나는데 이때 아내의 죽음 앞에서 오열하며 무너지는 애쉴리의 모습을 보고 스칼렛은 비로소 애쉴리에 대한 사랑은 멜라니에게서 비롯되었다는 것과 자신이 진실로 사랑하고 있었던 사람은 레트라는 사실을 깨닫는다.

서둘러 레트에게 가서 사랑을 호소하지만 그는 이미 정리하고 떠나기로 결심한 뒤였다. 다시 혼자 남은 스칼렛은 레트가 떠나가는 곳을 향해 눈물을 담고 조용히 이렇게 말한다.

"괜찮아. 내일은 그를 다시 찾을 수 있을 거야. 모든 게 다 잘 될 거야. 내일은 또 내일의 태양이 떠오를 테니까(After All Tomorrow Is Another Day.)." 이것이 그 유명한 마지막 장면이다.

살다보면 생각지 못했던 어려운 일들이 앞을 가로막는다. 그래도 단념하거나 포기하지 않고 스칼렛처럼 용기를 내어 열심히 노력한다면 모든 것이 잘 될 수 있다. 실패와 절망 또한 두렵지 않을 것이다. 내일은 또다시 새로운 태양이 기다리고 있을 테니까.

독일의 극작가이며 과학자인 괴테(Goethe, Johann Wolfgang von 1749~1832)가 쓴《파우스트》에는 '사람은 노력하고 있는 동안 방황하는 법이다.'라는 글이 있다. 이 뜻을 되새겨 보면 아무런 노력도 하지 않는 사람에게는 방황할 이유도 없겠지만 어떤 일을 좀더 잘 하기 위해서 노력하고 있는 동안은 일의 막힘과 꼬임 때문에 방황할 수밖에 없다는 것으로서 '노력하는 자에게 방황은 필요악'임을 알려준다.

인간은 누구에게나 놀라운 잠재능력이 감춰져 있다. 인간이 소유한 물질력은 유한하지만 잠재능력인 정신력은 무한한 것이다. 어떠한 역경에 처하더라도 '슬픔의 날을 참고 견디면 머지않은 날 기쁨이 오리니….'라는 러시아의 국민적 시인 푸시킨(Pushkin, Aleksandr Sergevich 1799~1837)의 시(詩)를 벗 삼아 좌절하지 말고 희망을 간직하면서 자기 잠재능력을 최고도로 발휘할 수 있도록 최선을 다하자.

'꽃을 피운다는 것은 뿌리를 흔드는 슬픔도, 가지가 꺾이는 괴로움도 꿋꿋이 이겨내는 일'이라고 어느 시인은 노래하고 있다. 모진 비바람을 뚫고 피어오른 한 송이 들국화가 아름다운 것은 그때문이 아닐까? 당신은 들국화보다 더 고귀한 존재라는 것을 결코 잊어서는 안된다.

삶이 그대를 속일지라도

생활이 그대를 속일지라도 슬퍼하거나 노여워 마라.

슬픔의 날을 참고 견디면

머지않아 기쁨의 날이 찾아오리니

현재는 언제나 슬프고 괴로운 것

마음은 언제나 미래에 사는 것

지나치는 슬픔엔 끝장이 있게 마련인 것

모든 것은 순식간에 지나가고

그리고 지난 것은 항상 그리워지는 법이니라.

A. S. 푸시킨

인간에게는 누구에게나 놀라운 잠재능력이 감춰져 있다. 인간이 소유한 물질력은 유한하지만 잠재능력인 정신력은 무한한 것이다. 자기 잠재능력을 최고도로 발휘할 수 있도록 최선의 노력과 전력투구의 정신을 의도적으로 습관화시킴으로써 미래의 보람찬 인생역정을 열도록 하자.

패배했다고 생각하면 패배한 것이다

내 생애 중 최대의 자랑은 한번도 실패하지 않았다는 것이 아니라

넘어질 때마다 다시 일어났다는 것이다.

행복에서 불행으로 바뀌는 것은 순간적인 일이지만

불행을 행복으로 가꾸는 데는 오랜 시간이 필요하다.

-골드 스미스-

세계적인 골프선수였던 아놀드 파머(Arnold Palmer Junior)는 수많은 사람들에게서 폭발적인 인기를 얻어왔다. 어느 날 파머의 경쟁자이면서 우정을 함께 나누어온 잭 니클라우스(Nicklaus, Jack William)가 그의 집을 방문했다. 니클라우스는 그의 방에 아주 오래되어 찌그러진 작은 우승컵 하나만 달랑 놓여 있는 것을 보고 이상해서 물었다.

"선배님! 그동안 우승하면서 받으신 수많은 트로피들은 어디에다 보관해 두었나요?"

그러자 파머가 대답했다.

"없소. 내가 가진 트로피는 이게 다요."

"아니…, 없다니요? 그 많은 대회에서 우승하셨으면서…."

니클라우스가 도저히 믿기지 않는다는 듯 눈을 동그랗게 뜨고 쳐다 보았다.

그러자 파머가 웃으며 말했다.

"알다시피 나는 그동안 수많은 대회에서 우승했고 수백 개의 트로피와 상을 받은 건 사실이오. 하지만 그런 건 내게 별 의미가 없었소. 그래서 나는 가장 값진 트로피 하나만 남겨두기로 했소. 이 트로피는 내가 프로선수가 된 뒤 처음 출전한 경기에서 따낸 우승컵이오. 그때 나는 열심히 노력해서 최선을 다해 경기를 펼치겠다는 남다른 각오를 했는데, 지금도 이 우승컵을 볼 때면 그때의 결심을 떠올리게 된다오. 그리고 힘들 때마다 트로피와 함께 받은 이 글귀를 보면서 마음을 다스리곤 한다오."

그러면서 그는 벽에 붙어 있는 작은 상패를 떼어 니클라우스에게 보여줬다. 그 상패에는 다음과 같은 글이 쓰여 있었다.

만약 당신이 패배했다고 생각하면

당신은 패배한 것이다.

만약 당신이 패배하지 않았다고 생각하면

당신은 패배한 것이 아니다.

인생의 전쟁은 강한 사람이나 빠른 사람에게

항상 승리를 안겨 주지 않을 것이다.

조만간 승리하게 되는 사람은

자기가 할 수 있다고 생각하는 사람이다.

할 수 있다는 자신감만이 승리를 낳을 수 있다.

그 이후 아놀드 파머는 항상 선수들에게 "프로선수는 자신감이 있어야 살아남을 수 있다."고 말했다. 최우수 선수들은 높은 자신감을 일관적으로 나타내고 있다는 것을 의미한다. 자신감을 가지면 성공하고, 반대로 자신감은 성공을 함으로써 얻어진다는 것이다. 이를 기화로 아놀드 파머는 성공을 하려면 어떻게 해야 하는지 느끼고 실천하여 세계 골프사에 영원히 남는 위대한 골퍼로 자리 잡을 수 있었던 것이다.

이 글을 읽은 니클라우스는 많은 나이에도 불구하고 늘 뒤처지지 않는 멋진 경기를 펼치는 아놀드 파머의 성공비결이 무엇인지를 깨닫게 되었고 더욱 그를 존경하게 되었다.

자신감(自信感 : self-confidence)은 어제의 패배나 실패가 내일의 승리가 될 것이라는 확신을 가지고 활동할 수 있게 해 주는 마음의 상태를 말한다. 진정한 자신감은 근거 없는 희망에 기초하여 만들어지는 심리적인 에너지만을 말하지는 않는다.

이것은 우리 자신을 능가하는 데서 오는 새로운 종류의 힘을 느끼게 하는 열정인 것이다. 패배에 젖어 자신감을 상실하게 되면 무엇을 하든지 제 능력과 기량을 발휘할 수 없으므로 아무것도 이룩할 수 없게 된다. 프로 세계에서는 정신력의 승자가 반드시 승리한다. 꾸준히 지식을 쌓고 기술을 개발하면 자신감은 저절로 넘친다. 이제부터 자신감을 가지고 인생의 길을 달려보자. 자신감은 성공을 낳게 하는 원동력이다. 패배는 자신감의 결여에서 온다는 점을 명심하자.

자신감은 요구된 행동을 성공적으로 수행할 수 있다는 신념이다. 모험을 장려하고 실수를 두려워하지 말자. 실수를 인정하자. 떨어진다는 두려움 없이 높은 줄 위를 걷는 자를 인정하라! 실패는 죄가 아니다. 낮은 목표가 죄이고 아무것도 하지 않는 것이 죄이다.

제 2 장

북은 칠수록 참맛이 난다

위대한 희망은 위대한 인물을 만든다.

산은 오르는 사람에게만 정복된다.

- 토머스 풀러 -

기다림은 미학이다

중국 사람들이 많이 재배하는 나무 중에 팬더곰이 좋아하는 대나무가 있다. 대나무는 매우 곧게 높이 자라지만 종자를 심고 몇 년이 지나도 좀처럼 움(순)이 트지 않는다. 그러다가 씨앗을 심은 후 4년째가 되어서야 죽순이 하나씩 돋아난다고 한다. 그리고 심은지 5년째가 되면 돋은 새싹이 크기 시작하는데 그 크는 것이 눈에 보일 정도로 한 해 동안에 무려 25미터나 자란다고 하니 참으로 경이로운 일이라고 하지 않을 수 없다.

그렇다면 이 대나무를 키우는데 과연 얼마의 노력이 필요할까? 새순이 돋은 후부터 크기 시작했으니까 1년 만에 그만큼 성장했다고 볼 수도 있다. 그러나 정확하게 말하자면 그 대나무는 심은지 5년 만에 그만큼 자란 것이다. 맨 처음 죽순만 나오는 4년 동안은 땅 속에서 뿌리가 튼튼하게 뿌리박게 하는 인고의 세월을 보냈던 것이다. 그리고 죽순이 돋고 난 다음 다시 또 1년 동안 클 준비를 하다가 5년째가 되는 해부터 쑥 쑥 자라기 시작했으므로 죽순이 크기까지의 5년 시간은 매우 큰 의미와 가치가 있는 것이라고 할 수 있다.

대나무가 성장하는 이치나 인간이 성장하는 이치는 같다. 아무리 어려운 난관에 봉착하더라도 끈질기게 한 우물을 파면서 내실을 키우는 사람은 일단 꽃을 피우면 대단히 큰 봉우리를 터뜨린다. 내실이 단단하니까 꽃의 열림도 알차고 생명력도 길 것이다. 가장 풍성하고 알찬 결실은 그만큼의 인내와 정성이 필요한 법이다.

이것은 벚꽃과 국화를 비교해 보아도 알 수가 있다. 봉오리가 보인다 싶으면 언제 폈는지도 모르게 요란하게 피는 벚꽃, 그러나 국화는 어떤가? 봄부터 물주고 가꿔서 늦가을이 돼서야 꽃을 볼 수가 있다. 그렇지만 꽃의 생명력은 비교를 할 수 없다. 벚꽃의 생명을 사흘 정도로 본다면 국화는 한 달은 족히 그 소담한 모습을 즐길 수 있다.

♥ 일본 종교운동 지도자인 이케다 다이사쿠(池田大作)는 "가장 어려운 승리란 무엇인가? 그것은 자기에게 승리하는 것 이외에는 없다. 어제의 나보다 오늘의 나, 오늘의 나보다 내일의 나를 보라. 천재, 수재라고 해도 '노력'의 결정이다." 성공하기 위해서는 끊임없이 노력해야 한다. 성공은 노력의 결정체이다. 노력 끝에 얻어진 성공은 그 빛과 향기도 오래간다.

당신은 혹시 한 판 승부에 너무 모험을 걸지는 않는가? 결과를 빨리 보기 위해서 너무 조급하게 서둘지는 않는가?

고진감래(苦盡甘來)란 말이 있다. 좋은 결실을 맺기 위해 땀 흘리는 집념 어린 인내와 정성, 그것은 비즈니스뿐만 아니라 사회생활의 모든 부분에 적용되는 자연의 순리라 할 수 있다. 꿈을 이루는 사람, 성공하는 사람의 특징은 기다릴 줄 아는 사람이다. 꿈을 가지고 그 꿈을 이루기 위해 기다리는 시간은 보람이 있다.

이 세상에 힘 안들이고 얻는 것은 아무 것도 없다. 세상의 모든 일은 정직해서 반드시 심은 대로 거두게 된다. 그런데 간혹 '끈질기게 노력해도 아무런 대가가 없다거나 또는 노력의 대가에 비해 소득이 너무 적다.'고 말하는 사람이 있다. 이런 사람들은 오래 공들인 일은 그 결실 또한 풍성하다는 만물의 이치를 망각하고 있는 것이다.

♥ 미국의 작가이며 성공컨설턴트인 어니 J. 젤린스키는 "아무리 바쁘더라도 가끔 붉게 물든 석양을 한 번 바라보고, 한 번도 해본

적이 없는 유치한 일들을 몇 가지 시도해 보는 것도 뜻하지 않은 즐거움을 준다. 서두르지 않으면 행복하다(Don't hurry, Be happy)."고 했다.

인생은 성급히 승부를 가르는 단거리 경주가 아니다. 끝없이 펼쳐진 100년의 세월을 달려야 하는 장거리 마라톤 코스이다. 우리들에겐 누구나 젊음과 건강이라는 큰 재산이 있기에 몸은 비록 힘들어도 마음은 희망에 차 있다. 남은 인생, 이왕 살아가야 할 인생 길, 너무 서두르지 말고 한 발 한 발 확실하게 나아가면서 멋진 연출을 해 보자.

작은 희망이라도 잃지 않고 간직하면서 너무 서두르지 말고 차근차근 그 싹을 키워나간다면 그것이 행복이고 성공인 것이다. 꾸준히 노력하는 자에게 성공은 다가오는 것이다.

최선을 다하는 마음가짐이 중요하다. 무슨 일을 하든지 최선을 다하면 후회는 없는 법이다. 후회 없는 인생을 만들자. 죽음 앞에서 나는 무슨 말을 남길 것인가를 생각해 보자.

어떤 대학에서는 학생들에게 '유서'를 써오라는 레포트를 낸 적이 있다고 한다. 과연 젊은 학생들은 자기 유서를 어떻게 썼을까? 만일 당신이 지금 자기 유서를 쓴다면 뭐라고 쓸지 한번 생각해 보라.

하늘의 뜻

하늘에서 사람에게 큰일을 맡길 때에는

반드시 먼저 그들의 마음을 괴롭히고

몸을 수고롭게 하고

또한 생활을 궁핍하게 하여

일마다 어긋나고 틀어지게 만든다.

이것은 그들의 마음을 움직여서

인내심을 기르게 하고

어려운 일을 더 많이 해낼 수 있는

능력을 길러주기 위해서이다.

맹 자

한판 승부에 너무 모험을 걸지 마라. 결과를 빨리 보기 위해서 조급하게 서둘지 마라. 고진감래이다. 꿈을 이루는 사람, 성공하는 사람의 특징은 기다릴 줄 아는 사람이다. 이 세상에 힘 안들이고 얻는 것은 아무 것도 없다.

안주하는 삶은 실패보다 두렵다

덴마크의 유명한 실존주의 철학자인 키에르케고르(Sen Aabye Kierkegaard 1813~1855)가 평소 즐겨 사용하던 이야기 중 철새에 관한 이야기가 있다. 키에르케고르는 결단의 시기를 이런저런 핑계로 미루다가는 정작 성공과 실패, 생(生)과

사(死)의 기로에서 용단을 내릴 수 있는 용기를 잃게 된다는 경각심을 주기 위해서 사람들에게 다음과 같은 이야기를 전해 주곤 하였다.

💜 겨울의 찬바람을 피하기 위해서 따뜻한 남쪽 지방으로 가던 철새 떼들이 첫날밤 덴마크의 어느 시골 밭에 내려 앉아 옥수수를 마음껏 먹고 있었다. 배부르게 먹고 난 후 떠날 채비를 하고 있는데 그 가운데 한 마리가 한사코 같이 떠나지 않고 하루만 더 쉬었다가 가겠다고 했다. 맛있는 옥수수를 두고 떠나기가 아쉽기는 동료 새들도 마찬가지였으나 갈 길이 바쁜 것을 너무도 잘 알기 때문에 미련을 둘 수 없었다. 다음날 한 마리의 철새만 남겨두고 모두 남쪽을 향해 날아갔다.

남아 있는 한 마리의 새는 '하루쯤이야 어떠랴.' 하는 마음으로 출발을 미루었던 것이다. 그러나 그 다음 날도 떠나기로 했던 마음이 다시 변하였다. 지천에 깔린 많은 양식을 놓고 떠나기가 섭섭해서 하루를 보내고, 피곤해서 또 하루를 보내고, 배가 불러서 하루를 보내고 이렇게 철새는 날마다 미루는 버릇을 가지게 되었다.

며칠이 지나자 날씨가 더 추워져서 더 이상 있다가는 동사할 것만 같았다. 철새는 그제야 길을 떠나려고 날개를 쭉 펴고는 있는 실력을 다해서 하늘로 날아올랐다. 그러나 이게 웬일인가? 그동안 너무 먹어 뚱뚱해졌기 때문에 마음대로 날아갈 수가 없었다. 결국 그 새는 날아가지 못하고 눈 속에 파묻혀서 죽고 말았다. '다음 날 다음 날' 하고 미루었던 버릇이 이렇게 엄청난 결과를 초래한 것이다.

❤ 인도의 민족운동 지도자로서 인도건국의 아버지라 일컫는 마하트마 간디(Mohands Karamchand Gandhi 1869~1948)는 어느 날 몇몇 회원들의 지각으로 회의가 30분이나 늦게 시작되자 이것이 몹시 못마땅하였다. 그는 개회 시작 전에 엄숙한 어조로 말했다. "몇 사람의 게으름으로 인하여 우리 인도의 독립이 30분이나 늦어졌소." 그 순간, 장내는 물을 끼얹은 듯 조용해졌고, 지각한 사람들은 부끄러워 고개를 들지 못했다.

영국 속담에 '젊었을 때 게으름을 피우는 사람들은 늙어서 거지가 된다.'고 하였다. 성공 컨설턴트인 배리 파버는 그의 저서《지금 당장 시작하라(Dive Right In)》에서 일반적으로 게으름은 다음과 같은 8단계를 거치면서 진행된다고 기술했다.

게으름의 8단계

1단계 : 희망을 잃지 않는다.→"이번만큼은 일찍 시작해야지."

2단계 : 긴장한다.→"곧 시작해야 한다."

3단계 : 죄의식이 든다.→"벌써 시작했어야 했는데……."

4단계 : 그릇된 확신을 갖는다.→"아직 시간이 있어."

5단계 : 절망하기 시작한다.→"나는 무엇이 문제일까?"

6단계 : 심하게 고통을 느낀다.→"이젠 더 이상 미룰 수 없어!"

7단계 : 드디어 시작한다. →"그냥 하는 거야."

8단계 : 같은 일이 반복된다. →"다음에는 더 일찍 시작해야지."

💜 미국의 여객선 센트럴 아메리카호가 뉴욕을 떠나 샌프란시스코로 향하고 있었다. 그런데 바다 한 가운데서 암초에 부딪쳐 배 밑바닥으로부터 바닷물이 조금씩 스며들었다. 이 소식을 듣고 구조선 한 척이 다가와 외쳤다.

"승객들이 위험합니다. 승객들을 빨리 구조선에 옮겨 태우십시오!"

그러나 아메리카호의 선장은 별로 걱정하는 빛이 없었다.

"바닥에 구멍이 뚫린 것은 사실입니다. 그러나 내일 아침까지는 견딜 수 있습니다. 너무 걱정하지 마십시오!"

배는 점점 가라앉고 있었다. 구조선의 선원들이 거듭 경고의 메시지를 보냈다.

"선장님! 승객을 모두 갑판 위로 나오게 하십시오! 상황이 급합니다!"

선장은 여전히 태연했다.

"지금은 어두운 밤입니다. 배를 옮겨 타는 과정에서 익사자가 나올 수도 있습니다. 내일 아침까지만 기다리십시오!"

그러나 이튿날 아침 센트럴 아메리카호는 흔적도 없이 바닷물에 가라앉아 사라지고 없었다. 선장의 무사안일이 빚은 참사였다.

인생에서 우리는 수많은 결단을 내려야 할 경우가 있다. 하지만 결단은 대단한 용기를 필요로 하기 때문에 주저하는 사이에 때로는 시기를 놓쳐버린다. 일의 성취에서 가장 위험하고 파괴적인 나쁜 습관은 일을 미루는 것이다. 그런 습관은 주도권을 박탈하기 때문이다. 또 한번 미루면 다음에는 미루기가 더 쉬워진다. '세 살 적 버릇이 여든까지 간다.'는 우리 속담도 있다.

슬프게도 미루는 습관은 누적된다. 하지만 걱정하지 마라. 멋진 치료법이 있다. 다름 아닌 행동이다. 미루던 일을 실천에 옮기면 금세 마음도 편해지고, 상황도 호전된다.

영국 수상이며 유명한 저술가였던 벤자민 디즈렐리(Disraeli, Benjamin)는 "행동이 항상 행복을 가져오는 건 아니다. 그러나 행동 없이는 행복도 없다."고 말했다.

영국의 사회개혁가이며 전기 작가인 사무엘 스마일즈(Samuel Smiles 1812~1904)는 저서 《자조론》에서 '아침에 일찍 일어나지 않으면 그날 일을 다 할 수 없다. 오늘 일을 오늘 하지 않고 내일로 미루기 시작하면 결국 시대에 뒤떨어지게 된다. 많은 사람들이 자기에게 주어진 기회를 잡지 못하는 것은 오늘 일을 내일로 미루기 때문이다.'라고 하였다.

오늘 해야 할 일을 오늘 하는 것은 시간을 버는 일이란 것을 잘 알면서도 현실에 안주하는 것은 인생을 포기하는 것과 같다. 항상 오늘 이 순간이 가장 중요하다는 사실을 잊으면 안 된다. 오늘은 조물주가 우리에게 준 최고의 선물인 것이다.

영국의 극작가 윌리엄 셰익스피어(William Shakespeare 1564~1616)도 "세상의 일은 시작도 중요하지만 끝이 더 중요하다. 마지막에 웃는 자가 진정으로 웃는 자이다."라고 말했다. 인생을 웃음으로 시작했지만 슬픔으로 끝내는 것보다는, 비록 어려움 속에서 슬픔과 고통으로 시작했더라도 세월이 지날수록 웃음과 기쁨이 넘치는 것이 더 가치 있는 삶이다.

인생은 내가 노력함에 따라 하루아침에 결과가 달라질 수도 있으므로 매사에 신중히 처신해야 한다. 세상을 살아가면서 나태함에 빠져 자신도 모르게 쉽고 편한 길을 찾으려 할 때 '인생의 정도(正道)'를 떠올려 최선을 다하는 아름다운 모습을 내 자신에게 보여 주도록 하자.

강인한 마음으로 '나태'의 질곡을 돌파해 나가자. 오늘 게으른 자는 영원히 게으를 것이다. '오늘'이 이 땅 위에 남은 내 삶의 첫날이라 생각하자. 게으름과 무사안일은 행복을 망친다. 현실에 안주하는 삶은 실패보다 더 두려운 것이다.

오늘 결심하라.

지금 이 자리에서 바로 결심해야 한다.

머지않아서 자연적으로 개선이 될 테니까

그때까지 우리는 잠시 동안 휴식을 취하고 자든지

잠깐 잠이나 자고 꿈이나 꾸자고 말해서는 안 된다.

개선은 결코 자연적으로 일어나지 않는다.

깊은 생각을 하기 위해서 더 보람 있는 시간을

보냈을는지도 모르는 '어제'를 무위도식하고

오늘도 여전히 결심을 하지 못하는 자가

내일 이것을 할 수 있을 것인가?

J.G. 피히테

게으름은 교활한 적이다. 게으름은 자신의 최대의 적이다. 그것은 중독성이 있어서 모르는 사이에 끊기 어려운 습관이 된다. '오늘'이라는 단어를 잘 보이는 곳에 붙여놓으면 게으름에서 비롯되는 이 파멸적인 습관을 피할 수 있다. 항상 오늘 이 순간이 가장 중요하다는 사실을 잊으면 안 된다.

성공의 반대는 포기이다

나는 모든 작품마다 넘어졌다.

발레는 최선을 다하면 넘어지게 되어 있다, 인간이니까.

– 강수진 –

발레리나 강수진 씨는 나비처럼 가벼운 몸놀림과 온화한 미소, 우아한 얼굴로 관중을 사로잡는 한국이 낳은 세계적인 스타이다. 그러나 오늘의 그녀가 있기까지 그녀의 피눈물 나는 노력은 상상을 초월할 정도로 가혹했다. 몇 년 전 어느 TV

프로그램에 그녀의 맨발이 공개
되어 많은 사람들에게 충격과 화
제를 불러일으킨 적이 있다. 굳은
살이 잔뜩 박힌 발 마디, 뭉개진
발톱, 부챗살처럼 퍼진 발가락…
어찌 보면 기형아 같은 발.

　도저히 그녀의 발이라고 상상
이 되지 않는 다소 흉측한(?) 그
사진은 그녀가 모든 것을 이루기
까지 감내해야 했던 고통과 열정의 시간을 고스란히 담고 있어서 오
히려 가슴을 뭉클하게 했으며 보는 이들에게 자신을 반추해보는 기
회를 갖게 했다.

　그 세련되고 아름다운 미소를 가진, 세계 각국의 내노라하는 발레
리나들이 그녀의 파트너가 되기를 열망하는 성공의 뒤안길엔 강수
진의 숨겨진 발이 있었던 것이다. 그녀의 발은 그녀의 성공이 결코
하루아침에 이뤄진 신데렐라의 유리구두가 아님을 여실히 보여주
었다. 그녀의 성공은 하루 19시간씩, 1년에 무려 천여 켤레의 토슈즈
가 닳아 떨어지도록, 말짱하던 발이 저 지경(?)이 되도록 그야말로 혹
독하게 노력한 끝에 얻어낸 당연한 결과인 것이다.

　💜 히말라야 고산족들은 가축인 양(羊)을 매매할 때 그 크기에

따라 값을 정하는 것이 아니라 양의 성질에 따라 값을 정한다고 한다. 그런데 그들이 양의 성질을 테스트하는 방법이 매우 재미있다. 그들은 가파른 산비탈에 양을 놓아두고 살 사람과 팔 사람이 함께 지켜본다.

이때 양이 비탈 위로 풀을 뜯으러 올라가면 몸이 마른 양이라도 값을 비싸게 매기고, 비탈 아래로 내려가면 아무리 살이 졌더라도 값이 내려간다. 위로 올라가려는 양은 현재는 힘이 들더라도 넓은 산허리의 미래를 갖게 되지만 아래로 내려가는 양은 현재는 수월하나 협곡 바닥에 이르러서는 굶주려 죽기 때문이라는 것이다.

♥ 중국 명나라 때 학자로서 현재를 살아가는 우리들에게 삶의 지혜를 일깨워주는 고전인 《채근담(菜根譚)》을 지은 홍자성(洪自誠)은 그의 어록에서 '자신의 노력으로 얻은 부귀는 들에 핀 꽃과 같아 햇빛만 받아도 잘 피어있다. 그러나 남의 도움으로 얻은 부귀는 정원의 꽃과 같아 잘 가꾸어야 꽃이 피고, 남을 해치고 얻은 부귀는 화병의 꽃과 같아 곧 시든다.'고 하였다.

독일의 철학자인 아르투어 쇼펜하워(Arthur Schopennauer 1788~1860)는 '모든 위대한 사람들의 발자취를 보라. 그들은 하나같이 자기희생의 길을 걸었다. 희생할 줄 아는 사람만이 위대할 수 있다. 눈물을 모르는 눈으로는 진리를 보지 못하며, 아픔을 겪지 아니한 마음으로는 사람을 모르리라!'고 하였다.

우리의 시선은 보다 쉬운 것들에 집중하라는 유혹을 받고 있다. 보다 쉬운 것만 찾는 사람은 불행한 사람이 된다. 그들은 절대로 성공의 반열에 오를 수 없다. 현실 이면의 그림을 볼 수 있어야 한다. 역경을 딛고 일어서야 한다. 땀과 피를 흘려야 더 값진 인생을 살 수 있다.

한없이 우아해 보이는 백조도 수면 아래서는 열심히 발을 젓고 있는 것처럼, 마치 물 흐르듯이 나아가는 발레리나의 발끝은 또 얼마나 바쁘게 움직이던가!

오늘, 자기 손을 그리고 발을 한번 보라. 그리고 뿌린 만큼 거두는 것이 세상사임을 재삼 확인하면서 꿋꿋이 일에 매진하자. 자기가 하는 일에, 아니 하고 싶은 일에 열성과 신념을 가지고 몸이 부서져라 연습하고 도전한다면 과연 이루지 못할 일이 어디 있겠는가? 다시 한번 발레리나 강수진의 발을 보면서 자기에게 채찍질을 하는 하루의 삶을 살아가자. 당신은 성공하기 위해 얼마나 열심히 노력 하였는가?

성공이란

나는 실패한 것이 아니다.

이제 나는 실행되지 않는

수천 가지의 방법을 안 것이다.

성공이라는 것은

그 결과를 보고 평가할 것이 아니라

그것에 쏟아 부은

노력의 합계로 평가해야 하는 것이다.

토머스 에디슨

불행의 여신은 항상 나약하게 해동하는 사람에게 찾아오고, 성공은 항상 어려움을 헤쳐 나가는 강인한 사람에게 찾아온다. 땀과 피를 흘려야 보다 값진 인생을 살 수 있다. 노동의 대가는 신성한 것이다. 값진 인생은 피와 땀의 대가이다

도전 없는 과실은 알맹이가 없다

'내가 될 수 있는 최상의 존재가 되기 위해 도전하겠다.

더 크게 생각하고, 더 크게 행동하고, 더 큰 사람이 되겠다.' 라고

생각하고 도전하라.

-에픽테토스-

신이 이 세상에서 인간들과 함께 살았던 시절이 있었다. 하루는 호두과수원 주인이 신을 찾아와 간청하였다.

"저한테 일년 동안만 날씨를 맡겨 주십시오. 딱 일년만 저를 따르

도록 해 주십시오.”

하도 간곡히 조르는지라 신은 호두과수원 주인에게 일년을 주었다. 일년 동안 날씨는 호두과수원 주인의 마음대로 할 수 있게 되었다.

햇볕을 원하면 햇볕이 들게 해 주었고 비를 원하면 비가 내렸다. 적당히 덜 여문 호두를 떨어지게 하는 바람은 없었다. 천둥도 없었다. 모든 게 순조롭게 되어 갔다. 호두과수원 주인은 그저 날마다 먹고 놀고 자기만 하면 되었다.

이윽고 가을이 다가왔다. 호두는 상상할 수 없을 만큼 대풍년이었다. 그러나 산더미처럼 쌓인 호두 중에서 하나를 깨뜨려 본 호두과수원 주인은 그만 입을 떡 벌리고 말았다.

이게 웬일인가? 세상에 알맹이가 하나도 없지 않은가? 혹시나 해서 다른 호두도 까 보았지만 마찬가지로 속이 텅텅 비어 있었다. 그렇게 산더미같이 쌓여있는 호두는 전부 알맹이 하나 없는 빈 껍질뿐이었다. 호두과수원 주인은 신을 찾아가 이게 어찌된 일이냐고 항의하였다.

신은 빙그레 미소를 띠고 말했다.

“도전이 없는 것에는 그렇게 알맹이가 들지 않는 법이다. 폭풍 같은 방해도 있고, 가뭄 같은 갈등도 있어야 껍데기 속의 영혼이 깨어나 여무는 것이다.”

그렇다. 우리 속담에 '고생 끝에 낙(樂)이 온다.'는 말이 있다. 예수가 산상수훈(山上垂訓)에서 '하늘은 스스로 돕는 자를 돕는다.'고 설파했듯이 이 세상에서 노력하지 않고 얻을 수 있는 것은 하나도 없다.

'하늘은 불쌍한 자를 돕는다.' 거나 또는 '하늘은 배고프고 아픈 자를 돕는다.'가 아니다. 불쌍하고 배고픈 자는 선하고 착한 사람이 도우면 되는 것이다. 하늘은 오로지 스스로 돕는 자를 돕는 것이다. 안테나를 세워 놓아야 전파가 잡히듯 참된 노력을 기울여야 결과를 볼 수 있는 것이다. 만약 일이 저절로 술술 풀린다면 언젠가는 그 반대되는 현상이 나타나게 됨을 유념해야 한다.

근대이론과학의 선구자인 영국의 물리학자 아이작 뉴턴(Newton, Isaac 1642~1727)이 사과나무 아래서 아무 생각 없이 졸고 있다가 떨어지는 사과에 한 대 얻어맞고 만유인력의 법칙(萬有引力의 法則 : Universal Gravitation' Law)을 발견한 것이 아니다. 수많은 밤을 지새우고 고민하며, 끊임없이 물체의 인력에 대해 연구하고 사색을 하다가 사과가 떨어지는 순간을 포착한 것이다.

"어떻게 그 법칙을 알아냈습니까?"라고 누군가 묻자 그는 이렇게 대답했다.

"이 원리를 발견하기까지 내내 그 생각만 하고 있었습니다."

그는 오늘날 대학에서 가르치고 있는 수학의 미분법과 적분법도 휴가 중 우연히 발견했지만 이 법칙을 생각해내기 위해 자나 깨나 고

민을 했다고 한다. 새로운 법칙을 발견하기 위해 그는 도전정신을 갖고 남보다 더 많은 노력을 기울였던 것이다.

《역사의 연구(전12권)》의 저자이며 영국의 경제학자요 사회개혁가로서 현대역사학의 아버지라고도 불리는 아놀드 토인비(Toynbee, Arnold Joseph 1889~1975)는 인류사를 꿰뚫어보며 인류 역사의 주제를 도전(挑戰)과 응전(應戰)(Challenge and Response)이라고 말했다. 자고이래로 인류 역사상 영웅으로 칭송받는 사람치고 가문이 좋다든지 운이 좋아서 영웅이 된 인물은 없다. 모두 다 평범한 환경에서 태어났지만 끊임없이 도전정신을 갖고 새로운 일, 어려운 일을 해결하기 위해 남보다 더 노력한 결과가 그들을 역사의 주인으로 만들었던 것이다.

세상의 이치는 적당한 고난과 역경을 이기고 삶을 살아가도록 되어 있다. 모진 비바람을 견뎌낸 과일만이 탐스런 열매를 잉태한다. 너무나 곱게 자란 새싹은 비바람이 몰아치는 세상에 나가면 자생력을 상실하여 바로 쓰러져 죽고 만다.

사람도 마찬가지이다. 눈앞에 걸림돌이 있으면 이를 딛고 일어서려는 도전의식이 있어야 한다. 도전은 나에게 닥친 시련이 아니라 오히려 성공을 향한 기회이다.

'세상은 도전하는 자의 것이며 목표를 세우고 도전하면 반드시 성공할 것이다.' 라는 믿음을 갖자.

도전하는 친구들에게

권하노니 과감히 도전하라, 젊은이여!

앞서간 분들에게 현재가 주목하는 것보다

훨씬 더 자랑스런 시선이

미래의 당신에게 쏟아지도록 성취하라.

당신이 삶에 끌려가지 말고

삶이 당신을 따르도록 만들어라.

어리석은 일을 하고자 달려든다면

그것은 피상적인 도전에 불과하다.

삶을 고양시키는 대담한 일을 하라.

권하노니 과감히 도전하라, 실천하고자 하는 사람이여!

장엄한 집념을 가져라.

당신 생애의 최후를 장식할 도전의 계획을 세워라.

인생을 심드렁하게 생각하는 당신이여! 뛰어들어라.

나는 당신들을 채찍질한다, 바로 당신들을.

강해지기에는 너무 약한 당신

번뜩이기에는 너무 아둔한 당신

왕이 되기엔 너무 노예적인 당신들을.

권하노니 과감히 도전하라.

누구든지 당신의 결단과 도전을 통해

얻은 열매를 다른 사람과 나누어 가져라.

남을 돕겠다는 열정이 있으면 더 풍요로운 삶이

당신에게 되돌아올 것이다.

윌리엄 H. 댄포드

도전은 나에게 닥친 시련이 아니라 오히려 성공을 향한 기회이다. 성공의 열매를 따려면 꿈과 희망을 갖고 도전해야 한다. 현실에 안주해선 결코 성공할 수 없다. 끊임없이 도전하는 사람에게는 성공의 여신도 문을 활짝 열고 맞이해 준다.

다른 사람은 나같이 나를 생각하지 않는다

사람은 목적 없이 세상을 살아서는 안 된다.

인간은 자기 나름대로 어떠한 목표를 정하고 착실하게 살아가야 한다.

아무런 목표 없이 그날그날을 산다면 동물이나 다를 바가 전혀 없다.

– 카뮈 –

탈무드에 나오는 이야기 한 토막이다.

상당한 부와 권력을 가지고 있던 핫산은 어느 날 갑자기 모든 것을 버리고 현자(賢者) 랍비를 찾아가 그의 문하생이 되기로 결심했다. 핫산은 최선을 다해 노력했지만 스승은 그가 아직도 속세에서 가지고 있던 오만함을 버리지 못하고 있음을 늘 안타깝게 생각했다. 핫산이 속해 있던 높은 계급의 특권이나 부의 잔재가 아직도 그의 의식 속에 남아 있었던 것이다. 그에게 작은 깨달음을 주어야겠다고 생각한 스승은 그를 불렀다.

"핫산아, 시장에 가서 양의 내장을 40Kg만 사오도록 하여라. 그러나 반드시 등에 메고 돌아와야 한다."

핫산은 즉시 마을의 한쪽 끝에 있는 시장으로 달려갔다. 그는 피가 뚝뚝 떨어지는 내장을 어깨에 메고 걷기 시작했다. 흘러내리는 핏물은 순식간에 머리에서 발끝까지 얼룩지게 만들었다. 그런 험한 몰골로 마을의 절반을 가로질러 돌아가야 한다고 생각하니 참으로 난감했다.

마을 사람들은 그를 아직도 돈 많은 세력가로 알고 있었으므로 길에서 마주칠 때마다 태연한 척 걷고 있었지만 속으로는 말로 표현할 수 없는 모욕감이 들었다. 속으로 그만 때려치고 싶은 생각이 굴뚝 같았지만 이왕 시작한 것 끝을 보고 말겠다는 오기로 꾹 참았다.

핫산이 힘겹게 사원으로 돌아오자 스승은 내장을 부엌으로 가져가서 요리사에게 전해주고 모든 제자들이 함께 나누어 먹을 수 있도록 수프를 끓이라고 지시했다. 하지만 요리사는 그렇게 많은 양의 내장을 끓여낼 만한 큰 냄비가 없다고 말했다. 그러자 스승은 핫산을 다시 불렀다.

"핫산아, 지금 당장 정육점에 가서 큰 냄비를 빌려오너라."

정육점은 마을의 반대편 끝에 위치해 있었다. 핫산은 피로 얼룩진 흉측한 모습으로 이번엔 반대쪽 마을을 가로질러가지 않을 수 없었다. 길에서 사람을 마주칠 때마다 그는 매번 심한 모욕감으로 얼굴이 달아올랐다. 자존심이 상할 대로 상한 그는 또 몇 번이고 그만둘까 망설였지만 여기서 포기하면 얻는 게 아무것도 없을 것 같아 이를 악물고 스승이 시킨 대로 커다란 냄비를 가지고 돌아왔다. 그는 투덜거리면서 더러워진 몸을 씻으러 부리나케 세면장으로 달려갔다.

얼마 후 스승은 핫산을 다시 불렀다.

"핫산아, 지금 당장 시장으로 가거라. 그리고 길에서 사람들을 만나면 혹시 등에 짐승 내장을 지고 가는 사람을 본 적이 있는지 물어보도록 해라."

그는 스승이 시키는 대로 길에서 만나는 사람들에게 혹시 조금 전에 등에 짐승 내장을 지고 가는 사람을 본 적이 있느냐고 물었다. 그러나 대부분의 사람들은 그런 광경을 본 적이 없다거나 전혀 기억이 나지 않는다고 대답했다.

그가 사원으로 돌아오자 스승은 이번에는 정육점 방향으로 가면서 길에서 만나는 사람들에게 똑같은 질문을 하라고 했고, 이번에도 결과는 마찬가지였다. 피로 얼룩진 채 큰 냄비를 들고 가는 사람을 아무도 본 적이 없다는 것이었다.

"핫산아! 이제 알겠느냐? 아무도 너를 보았다거나 기억하고 있는 사람은 없었다. 너는 사람들이 네 모습을 보고 비웃을 것이라고 생각했겠지만 사실 아무도 네 모습을 염두에 두지 않았다. 다만 네 스스로가 남의 시선을 대신하여 네 시선으로 너를 바라보았을 뿐이다. 다른 사람을 의식하며 살지 말고 나 자신을 의식하며 사는 삶이 되도록 하라.”

그는 스승의 말씀에 큰 깨달음을 얻었다. 저녁이 되자 스승은 큰 잔치를 준비하고, 모든 제자들을 한 자리에 불러모았다.

“자, 마음껏 들어라. 이 수프는 핫산의 자존심과 명예로 만든 수프이다.”

♥ 남을 의식하면서 겉모습만 치장하려고 하는 사람들에게 경종을 울려주는 이야기이다. 다른 사람은 나만큼 나 자신을 생각해 주지 않는다. 우리가 의식하고 있는 남의 시선은 실제로는 나 자신의 시선이다. 남에게 거절을 당했다고 창피하게 생각하지 말자. 그렇게 생각하는 것은 나의 마음이지 다른 사람은 절대로 그런 생각을 하지 않는다. 아니 그런 생각을 할 시간도, 감정도 없다는 것을 인식해야 한다. 주위 사람을 의식해서 일하지 말고 나 자신을 생각하면서 일하자. 당신이 세운 계획대로 무조건 앞만 보며 목표물을 향해 헤쳐 나가라. 아젠다(Agenda)를 설정하여 밀고 나가라. 반드시 종착역이 보일 것이다.

위험에 직면하여 두려워 말고

이익을 위해 남을 모함하지 말며

객기 부려 만용하지 말고

태산 같은 자부심을 갖고

누운 풀처럼 자기를 낮추어라.

역경을 참아 이겨내고

형편이 잘 풀릴 때를 조심하라.

재물을 오물처럼 볼 줄도 알고

터지는 분노를 잘 다스려라.

때와 처지를 살필 줄 알고

부귀와 쇠망이 교차함을 알라.

잡보장경(雜寶藏經)

☒ 다른 사람은 나만큼 나 자신을 생각해 주지 않는다. 거절을 당했다고 창피하게 생각하지 말자. 그렇게 생각하는 것은 나의 마음이다. 다른 사람은 절대로 그런 생각을 하지 않는다.

연습은 배신하지 않는다

나는 할 수 있다. 나는 해낸다. 나에게는 저력이 있다.

나에게는 오직 전진뿐이다. 이런 신념을 지니는 습관이 당신의 목표를

달성시킨다. 너의 길을 걸어가라. 사람들이 뭐라고 떠들든 내버려두어라.

- A. 단테 -

중국의 피아니스트 류 쉬쿤은 1958년 차이코프스키 콩쿠르대회에서 2등을 수상하여 세계 음악계의 주목을 받았다. 이후 9년 동안 그는 세계 구석구석을 누비며 사람들에게 아름다운 피아노 선율을 들려주었다.

그러나 1967년, 모종의 정치적 혐의를 받은 류 쉬쿤은 당시 중공 정부에 체포되어 감옥에 수감되었다. 이 소식을 접한 많은 사람들은 큰 충격을 받았다. 그의 안위가 매우 걱정이 되었던 것이다. 앞으로 한 동안은 그의 피아노 연주를 듣지 못하게 되는 것도 큰 아쉬움이었지만 무엇보다 감방에서 피아노 연습을 할 수 없게 됨은 물론 잘못하다가는 아까운 인재를 잃게 될지 모른다는 걱정이 앞섰기 때문이었다.

그는 꼬박 6년 동안 감방생활을 했다. 물론 그 동안 피아노를 한 번도 쳐보지 못했다. 그리고 그는 사람들의 기억 속에서 점점 희미해져 갔다.

그 후 석방된 류 쉬쿤은 다시 피아노를 연주하겠다고 발표하고 연주여행에 나섰다. 비평가들을 비롯한 많은 사람들이 그의 연주에 큰 기대를 걸지 않았다. 다만 옛날의 빛나는 명성을 지닌 피아니스트에 대한 예의로 연주회장에 모여 연주를 지켜 보기로 했다.

그러나 막상 연주가 끝나자 평론가들은 매우 놀랐다. 그의 연주가 전보다 훨씬 더 훌륭해진 것이다. 이 놀라운 사실에 경탄을 금치 못한 한 평론가가 그에게 물었다.

"어떻게 이럴 수가! 당신은 지난 6년 동안 연주할 기회가 없었잖습니까?"

그러자 그가 대답했다.

"아니오. 저는 감방에서 피아노를 연습했습니다."

평론가가 깜짝 놀라서 물었다.

"아니, 감방에 피아노가 있었습니까?"

그는 살짝 미소를 지으며 말했다.

"그것도 매일 연습했습니다. 나는 전에 내가 연주했던 곡들을 한 곡도 빼놓지 않고 연습했습니다. 마음속으로 말입니다."

어느 발레리나는 무대에 서기 위해 피나는 노력의 과정에서 무려 10,000족 이상이나 되는 토슈즈를 갈아 신었다고 한다. 그 결과 세계적인 발레리나가 되었다. 이렇듯이 실전 훈련보다 더 좋은 교육은 없다.

그러나 실전 훈련을 못하는 상황이라면 모의 훈련이라도 꼭 해야 한다. 롤 플레잉과 시뮬레이션 기법, 로드맵(Road map) 설정에 따른 프로세스의 철저한 주지 등을 통해 가상훈련을 하면 영업현장에 나갔을 경우 능히 대처해 나갈 수 있는 역량이 생긴다.

아무리 능력 있고 열심히 노력하는 사람이라 해도 자기 힘만으로는 안 되는 일이 있다. 최선을 다한 후에는 운이 따라주어야 한다. 그러나 운이라는 것도 결국 자기가 만들어내는 것이다. 연습보다 더 좋은 스승은 없다. 연습은 배신하지 않는다.

'연습은 실전처럼, 실전은 연습처럼'이라는 말이 있다. 실전처럼 오늘을 살면 먼 훗날 연습처럼 성공이 찾아온다.

멈추지 마라.

오, 인간이여,

그대가 약하든 강하든 쉬지 마라.

혼자만의 고투를 멈추지 마라.

계속 하라, 쉬지 말고.

세상은 어두워 질 것이고

그대는 불을 밝혀야 하리라.

그대는 어둠을 몰아내야 하리라.

오, 인간이여,

삶이 그대를 져버려도 멈추지 마라.

마하트마 간디

아무리 좋은 이론도, 아무리 많은 지식도 실제로 활용하지 못하면 무용지물이다, 필드에서의 경험 축적이 무엇보다 소중하고 가치가 있는 것이다. 비록 힘들어도 현장에 나가 자꾸 실전 경험을 해야 한다. 연습은 그 무엇보다 훌륭한 스승이다.

긴장된 삶은 생활의 활력소가 된다

뜨거운 열정이 있는 곳에 쇠와 돌도 또한 뚫어진다.

정신을 한 곳에 집중하면 어떤 일이든 못 이룰 것이 없다.

- 주자(朱子) -

세계적으로 유명한 역사학자인 토인비(Toynbee, Arnold Joseph 1889~1975)가 생전에 즐겨 사용하였던 예화 중 위기위식과 도전과 대응능력에 관한 다음과 같은 이야기가 있다.

옛날 북해에서 청어잡이를 하며 살던 어부들이 있었다. 그들에게 청어는 가족을 먹여 살려주는 유일한 생계수단이었다. 그런데 이들에게는 한 가지 커다란 고민이 있었다. 북해에서 아무리 펄펄 뛰는 싱싱한 청어를 잡아도 런던까지 오면 모두 죽어 버리는 것이었다. 그래서 번번이 제 값을 받지 못했다. 따라서 청어 잡이를 하는 어부들의 가장 큰 바람과 관심사는 '어떻게 하면 북해에서 잡은 청어를 먼 거리에 있는 런던까지 산 채로 싱싱하게 살려서 운반해 올 수 있는가?' 였다.

그러나 어부들이 아무리 노력해도 배가 런던에 도착해 보면 청어들은 거의 다 죽어 있었다. 그런데 오직 한 어부가 가져온 청어만은 몇 시간이 지나도록 펄펄 뛰는 것이 아니겠는가?

언제나 청어 잡이를 갔다가 돌아와 보면 꼭 그 어부의 청어만은 신기하게도 싱싱하게 산채로 있는 것이었다. 이상히 여긴 동료 어부들이 그 이유를 물어 보았으나 그 어부는 좀체 그 비밀을 가르쳐 주지 않았다. 마침내 동료들의 강요에 못이긴 어부가 마지못해 입을 열었다.

"나는 청어를 넣은 통에다 메기(Cat Fish)를 한 마리씩 집어넣습니다."

그러자 동료 어부들이 놀라 물었다.

"그러면 메기가 청어를 전부 잡아먹지 않습니까?"

"네, 메기가 청어를 잡아먹습니다. 그러나 놈은 청어를 두세 마리

밖에 못 잡아먹지요. 그래서 그 통 안에 있는 수백 마리의 청어들은 서로 잡혀 먹히지 않으려고 계속 도망쳐 다니지요. 런던에 올 때까지 모든 청어들은 살기 위해 열심히 헤엄치고 도망 다닙니다. 그러니 며칠 후에 런던에 도착해 봐도 청어들은 여전히 살아 싱싱하답니다.”

메기가 비록 청어를 잡아먹지만 그것은 몇 마리일 뿐 대다수의 많은 청어들은 위기의식을 느낀 나머지 서로 살려고 계속 도망 다니다 보니 런던에 도착할 때까지 살아있게 된 것이다. 메기로부터 살아나기 위한 몸부림이 결국 청어들을 싱싱하게 살아 있게 한 것이다.

토인비는 위와 같은 이야기를 들려주면서 다음과 같이 말하곤 했다. “우리 사람들도 대체로 평안하고 유족한 생활이 곧 인간의 행복이라고 생각하기 쉽습니다. 너무 평안하고 유족한 생활은 인간을 나태하게 만들고, 지루함이 인간을 나태하게 만들고, 지루함이 인간을 파멸하게도 합니다. 어려움이 있고 좌절하고 다시 일어나고 난관에 부딪히는 과정에서 인간은 더욱 생기 있고 보람된 삶을 사는 것입니다.”

위의 이야기는 우리 인생에서 역동적인 삶을 살아가려면 어떻게 해야 하는지를 비유적으로 보여주고 있다. 죽어 버린 것 같은 삶이 아닌 살아 있는, 그것도 싱싱하게 살아 있는 삶을 살아가기 위해서 우리들을 쉴 새 없이 움직이게 하는 그런 동기가 필요하다는 얘기가 아닐까?

삶의 목표가 없거나 꼭 이루고 싶은 꿈이 없는 사람은 싱싱한 삶을 살기 힘들다.

나태는 열정에 의해 극복될 수 있다. 그리고 열정은 상상을 사로잡는 이상적 목표와 그 목표를 실천에 옮기는 선명하고 이해하기 쉬운 계획에 의해 승화될 수 있으며 그 결과는 기대치만큼 나타난다. 열정이 없는 사람은 한가하다. 열정이 없는 사람은 할 일이 없고 그래서 점점 나약하게 된다. 그러나 열정이 있는 사람은 일할 시간을 만들고 환경을 스스로 조성해 나간다. 환경의 종속자가 아닌 지배자가 된다.

삶에서 긴장은 때로 필요한 요소가 된다. 안일한 삶보다는 약간은 긴장된 삶이 생활의 활력소가 되고 건강에도 도움이 된다. 적정한 스트레스는 자신을 방어하려는 생존본능의 욕구를 불러일으켜 힘을 배가시켜준다. 무작정 편한 것을 찾지 마라. 힘 드는 일, 벅찬 일에 끊임없이 도전하려는 자세가 성공을 낳는다.

안일한 삶보다는 약간은 긴장된 삶이 생활의 활력소가 되고 건강에도 도움이 된다. 적정한 스트레스는 자신을 방어하려는 생존본능의 욕구를 불러일으켜 힘을 배가시켜준다.

현실에 안주하여 희망을 포기하지 마라

세상에서 가장 현명한 사람은 모든 사람들로부터 배울 수 있는 사람이요,

가장 사랑받는 사람은 모든 사람을 칭찬하는 사람이요,

가장 강한 사람은 자신의 감정을 조절할 줄 아는 사람이다.

— 탈무드(Talmud) —

세 마리의 개구리가 껑충껑충 뛰어 놀다가 그만 우유통 속으로 빠지고 말았다. 워낙 통 속이 깊어서 아무리 발버둥을 쳐도 나올 수 있는 무슨 뾰족한 방법이 없었다. 위로 보이는 것은 동그랗게 뻥 뚫린 하늘뿐이었다. 그래서 첫 번째 개구리는

‘모든 게 하나님의 뜻이다.’ 라고 생각하며 다리를 꼰 채 아무 일도 하지 않아 며칠 후 굶어 죽었다. 두 번째 개구리는 ‘이 통에서 기어 나갈 수는 없고, 그렇다고 우유가 깊어서 어떻게 할 수가 없다. 이제 남은 건 절망뿐이다.’ 라고 자위하고는 그대로 빠져 죽었다.

그런데 세 번째 개구리는 비관도 낙관도 하지 않았다. 이 개구리는 현실을 객관적으로 잘 파악하는 성질이어서 “이거 참 난처하게 되었군. 어찌하면 좋을지 모르겠어.”라고 말하면서도 두 다리에 힘이 있는 동안은 코를 우유 위에 내밀고 천천히 헤엄치며 있기로 했다. 그러면서도 어떻게 하면 빠져 나갈 수 있을지 궁리를 했다.

그러는 사이에 발 밑바닥에 무엇인가 딱딱한 것이 닿았다. 우유가 버터로 응고 되고 있었던 것이다. 헤엄쳐서 우유를 젓고 있는 사이에 버터가 만들어지고 그 위에 서 있을 수 있게 되었다. 그래서 그 개구리는 살아 통 속을 나와 세상을 활보하게 되었다.

한 고등학생이 코카콜라회사에서 아르바이트생으로 일했다. 그가 하는 일은 청소하고 바닥에 흘러내린 콜라를 닦아내는 것이었다. 한번은 50개의 콜라병이 든 상자가 터졌는데 이를 보고도 닦아낼 생각을 아무도 하지 않았다. 그때 검은 피부의 한 소년이 바닥에 꿇어 엎드려 콜라를 열심히 닦아냈다. 소년은 자메이카 출신이었고, 가정은 항상 가난했다. 학교성적도 하위권에 머물렀다. 그러나 소년에게는 남들이 갖지 못한 장점이 있었다. 그는 정직하고 성실했으며 시련 앞에 용감했다. 소년은 정직과 성실과 투지를 자산삼아 아메리칸드림의 대표적인 인물이자 마이너리티(Minority : 소수자집단)로 유일하게 미국의 국무장관에 오르기까지 했다.

바로 이 사람의 이름은 걸프전의 검은 영웅인 콜린 파월(Colin L. Powell)이다. 그는 백인도 아니고 앵글로 색슨족도 아닌 흑인이지만 지금 미국인들로부터 존경받는 인물로 손꼽히고 있다. 그는 성공한 비결을 이렇게 말했다. "역경은 사람을 강하게 만든다. 역경에 굴복하면 고난은 눈덩이처럼 커진다." 라고. 콜린 파월이 세계 최대의 강국인 미국 국무 장관이라는 자리에까지 올라갈 수 있었던 것은 어떠한 역경에도 꿋꿋이 견디며 나가는 자기관리 덕분이었다고 할 수 있다.

♥ 사실 사람이 역경에 처했을 때 그것을 극복하기란 말처럼 쉽지 않다. 자포자기에 빠져 삶을 포기하는 경우가 흔하다.

그런데 여기서 중요한 것은 고난과 역경 자체가 문제가 아니라 그것을 바라다보는 태도가 문제라는 것이다. 사람에 따라서 고난과 역경을 부정적으로 볼 수도 있고 긍정적으로 볼 수도 있는데 그 차이는 극과 극으로 나타난다. 평소의 상황에서는 부정적 사고를 가진 사람과 긍정적인 사고를 가진 사람의 차이가 그리 심하지 않지만 고난과 역경이 닥쳤을 경우에는 성공과 실패를 결정짓는 변수로 작용하는 것이다.

긍정적인 사람은 역경에 처했을 때 이를 극복하려는 강한 힘을 갖게 된다. 역경이란 인간에게는 가혹하지만 그것을 이겨낼 만큼 인간 또한 강한 힘을 지니고 있다. 불이 금을 세공하는 과정인 것처럼 역경은 강한 인간을 만드는 시금석이다.

고대 로마제정기의 스토아철학자인 루키우스 안나이우스 세네카(Seneca, Lucius Annaeus BC 4?~AD 65)는 그가 쓴 책《섭리론》에서 "마치 용감한 병사들이 승리를 거두듯이 위대한 사람들은 역경을 이기는 것을 즐거움으로 알고 있다. 운명은 사람이 가진 재산을 빼앗아 갈 수 있다. 그러나 마음속에 있는 용기까지는 빼앗지 못한다. 인생의 참된 밑천은 무엇보다 용기에 있다. 용기가 있는 한 실패에 한탄하지 않고 운명을 박차고 나갈 수 있다."고 하였다.

평안보다는 역경 속에 놓였을 때 사람들은 더 희망을 갖게 되고 용기를 얻게 된다. 역경이 영광으로 이어지는 길이라는 말도 바로 이 때문에 있는 것이다. 매우 고되고 긴 인생여행 길을 슬기롭게 가기 위해서 우리들에게 필요한 것은 한 번에 한 걸음씩 차근차근 옮기는 것뿐이다. 그러나 발걸음을 멈춰서는 절대로 안 된다.

승리 (Victory)

너는 언젠가는 가장 많은 실적을

올릴 것이라고 장담하던 바로 그 사람이 아닌가?

그러나 너는 단지 네가 가진 지식과

원대한 포부만을 자랑해 왔다.

그것은 결국 갈 길이 아직 멀다는 것을 증명할 뿐인데도….

한 해가 흘러갔는데 너는 무슨 변화를 가져왔는가?

무슨 일들을 이룩해 놓았는가?

시간…, 새해에…, 새로운 열두 달이

너의 명령만을 기다리는 데

그 중 얼마를 기회와 도전을 위해 사용할 것인가?

너는 과거처럼 또 많은 시간을,

많은 기회들을 헛되이 버리고 말 것인가?

승리 (Victory)

우리는 너의 이름을

성취자의 명단에서 찾을 수가 없었다.

왜 그럴까? 그 이유를 설명해 보라.

그 이유는 기회가 부족했기 때문이 아니라

여느 때와 마찬가지로 단지

실천하려는 행동이 부족했음을 알라.

로버트 카우프만

긍정적인 사람은 역경에 처했을 때 도리어 이를 극복하려는 강한 힘을 갖게 된다. 항상 긍정적으로 생각하고 일에 정진하려는 자세를 갖자. 당신도 꿈을 성취하기 위하여 낙관적인 사고로 꾸준히 노력하기만 한다면 놀라운 성공을 거둘 가능자가 될 것이다. 긍정적인 사고를 갖고 있는 자에게는 불가능이란 있을 수가 없기 때문이다.

당신은 닭장 속의 독수리가 아니다

인생에는 인내와 용기와 사랑이 필요하다.

인생의 기쁨을 마음으로 맛보는 한편, 괴로움도 인내를 갖고

감수해야 한다. 따라서 밝은 마음을 갖고 묵묵하게 올바른 방법으로

침착하게 대처해나가는 슬기와 지혜가 무엇보다 유익하다.

- 사무엘 스마일즈 -

미국 서부에 한 퇴역한 야구선수가 손자를 데리고 여행을 하고 있었다. 그러던 중 어느 목장을 지날 때 이상한 광경을 목격했다. 양계장에 독수리가 닭과 함께 지내는 것이 아닌가?

이상하게 생각한 그 사람은 목장 주인에게 그 독수리를 팔라고 부탁했다.

하지만 목장 주인은 거절했다. 그러나 간곡한 그의 부탁 끝에 목장 주인은 독수리를 팔았다. 독수리는 닭들과 어릴 때부터 지냈으므로 자신을 독수리가 아닌 닭으로 알고 지냈다. 그 사실을 알고 딱하게 생각한 야구선수는 그 독수리의 진정한 모습을 깨우쳐 주기로 마음을 먹고 다시 여행을 떠났다.

어느 날 계곡을 지나게 되었을 때 독수리를 높은 곳으로 데리고 올라가서 높이 날렸다.

"넌 닭이 아니고 독수리다."

하지만 자신이 닭이라고 생각하고 살아온 독수리는 그대로 떨어지고 말았다. 떨어지는 충격으로 다리를 다쳤다. 그렇지만 퇴역한 야구선수는 독수리를 안고 더 높은 곳으로 올라가 다시 "너는 닭이 아니고 독수리다."라고 외치며 높이 던져 올렸다. 독수리는 순간 머리가 복잡해졌다. '내가 닭일까? 아니면 독수리일까?

이런 생각을 하면서 떨어졌는데 이번에는 짱돌에 머리를 부딪쳤다. 머리에서 피가 났다. 다리는 다치고, 머리에서 피가 나오고 정말로 아팠다. 그러자 퇴역선수가 너무도 야속했다. '왜 나는 닭인데, 독수리라고 그러는 것일까?' 하지만 야구선수는 포기하지 않았다. 더 높은 곳으로 데리고 올라가서 다시 한번 "너는 닭이 아니고, 독수리다."라고 외치며 높이 던졌다. 독수리는 이번에도 생각했다. '내가 닭이 아니고 정말 저 아저씨 말대로 독수리일까? 이번에 떨어지면 나는 죽을 거야.' 그렇게 생각하는 사이에 땅 아래로 떨어지고 있었다.

그러나 독수리는 떨어지기 직전 '내가 진짜 독수리일지도 몰라.' 하는 생각에 한번도 펼쳐보지 않은 커다란 날개를 펼쳐보았다. 커다란 날개는 상승기류를 받고 높이 비상하였다. 그동안 한번도 날아오르지 못한 창공을 날게 된 것이다. 그곳에는 많은 독수리들이 날고 있었다. 그 독수리는 지금까지 한번도 보지 못한 세상을 바라볼 수 있었다.

💜 고정관념에 사로잡히면 아무것도 이룰 수가 없게 된다. 고정관념은 성공을 향한 깃발을 내리고 나태와 안일로 이르게 하는 무서운 병이다. 잘못된 고정관념은 하루빨리 명퇴시켜야 한다. 항상 발상을 전환하는 패러다임(Paradigm)이 필요하다.

못한다는 안일한 복지부동의 자세는 이 기회에 불식(拂拭)시키자. 잘못된 고정관념의 틀을 과감히 버리자. 고정관념을 파괴하고 새로운 습관을 기르자.

고정관념이 있는 한 전진은 없다. 전진하려면 고정관념부터 버려야 한다. 그래야 창조적인 미래가 열린다.

하루

아, 새벽 동이 튼다.

오늘도 푸르른 새날이 밝아오는구나.

아름다운 하루가 또 오려 한다.

생각하라, 그대여!

어찌 이 하루를 헛되이 놓쳐 보내랴!

이 새날은 영원에서 나서

밤이면 다시 영원으로 돌아가리라.

내 영혼이 갈 곳으로 그 시간을 채우라.

아무도 일찍이 보지 못한 이 날을.

보아라, 그대여!

만인의 눈에서 쉬이 감추어질 이 날을.

이 생(生)이 다간 후 누릴 생명은

이 생(生)이 맺은 열매이리라

아, 또 한번

푸르른 새날이 밝아 오는구나.

생각하라, 그대여!

어찌 이 날을 헛되이 놓쳐 보내랴!

게으른 자여, 개미에게로 가서

그가 하는 것을 보고 지혜를 얻으라.

토마스 카알라일

고정관념에 사로잡히면 아무것도 이룰 수가 없게 된다. 고정관념은 성공을 향한 깃발을 내리고 나태와 안일로 이르게 하는 무서운 병이다. 항상 발상을 전환하는 패러다임이 필요하다. 못한다는 안일한 복지부동의 자세는 이 기회에 불식시키자.

이카루스 콤플렉스는 성공의 암초다

무엇이 하고 싶은지를 마음속에 확실히 심어두라.

그리고 옆길로 새지 말고 목표를 향해 곧장 전진해 나아가라.

당신이 하고 싶은 위대하고 찬란한 일들에 대해 생각하라.

보이지 않는 과녁은 맞출 수 없으며, 존재하지 않는 목표는 볼 수 없다.

– 지그 지글러 –

B.C. 2,000년 전 그리스 근방에 있는 크레타(Creta)섬은 해상무역으로 전성기를 누리면서 에게문명의 중심지로 그리스, 아테네 등 인근지역을 식민지화하고 있었다. 크레타의 왕인 미노스(Minos)는 제우스(Zeus)신(神)과 에우로페(Europe)

사이에서 태어난 아들이었다. 미노스 왕은 지금도 남아서 세계인의 발걸음을 머물게 하는 유명한 크노소스 궁전(Palace at Knossos)을 건설한 인물로 전해지고 있다.

크레타 왕국에는 대장간의 신(神) 헤파이스토스의 자손인 다이달로스(Daidalos)가 그의 아들 이카루스(Icarus)와 함께 살고 있었다. '명장(名匠)'이라는 의미의 이름을 가진 다이달로스(Daidalos)는 지혜의 여신 아테네(Athenae)로부터 기술을 전수받은 건축과 공예의 명인으로서 인근 주변 나라로부터 손재주가 가장 뛰어난 장인으로 존경을 받았다. 그는 도끼와 송곳, 자 등 많은 연장을 발명하였고, 그가 만든 조상(彫像)은 마치 살아 움직이는 것 같았다.

그러한 그의 건축기술과 조형기술이 미노스(Minos) 왕의 인정을 받아 흰 황소를 사랑한 미노스왕의 아내 파시파에(Pasipae)가 반인 반수의 괴물인 미노타우르스(Minotaurs)를 낳았을 때, 이 괴물을 가두기 위한 미궁(迷宮 : Labyrinth)을 짓게 하여 미노타우르스를 그곳에 가두었다. 그리고 당시 미노스 왕의 세력 아래에 있던 아테네로부터 매년 일곱 명씩의 소년과 소녀를 조공으로 받아 괴물의 먹이가 되도록 했다. 그런데 다이달로스가 설계한 미궁은 구조가 매우 교묘하여 일단 들어가면 다시는 탈출할 수 없었다. 이것이 미로의 기원이 되었다.

당시 아테네인들은 크레타의 왕 미노스에게 바칠 조공으로 큰 고통을 받고 있었다. 이에 아테네의 왕자 테세우스(Theseus)는 이 재난으로부터 백성을 구하기로 결심했다. 매년 되풀이 되고 있는 무의미한 살육을 끝내기로 마음먹고 아버지인 아이게우스(Aigeus)왕에게 자기가 크레타왕에게 조공으로 갈 것을 간청했다. 조공을 실은 배가 크레타 섬에 도착하자 미노스 왕의 딸 아드리아네(Adriane)는 그만 테세우스왕자를 보고 반해버렸다. 왕자를 살리고 싶은 공주는 왕자의 몸에다 매주려고 실을 뽑아 실타래를 만들어주었다. 테세우스 왕자는 아드리아네가 준 칼로 괴물 미노타우르스를 처치하고 미리 풀어 놓은 실을 따라 미궁을 빠져 나와 공주와 탈출하는데 성공했다.

그러나 비록 반인반수의 괴물이지만 사랑하는 아내가 낳은 자식을 살해당한 미노스왕은 화가 나서 다이달로스와 그의 아들 이카루스를 미궁에 가둬버린 후 입구를 폐쇄해 버렸다. 다이달로스는 자신이 설계하고 지은 미로였지만 길을 찾을 수가 없었다. 여러 날을 헤매다가 미궁의 꼭대기 탑 막다른 길 천장에서 빛이 새어 들어오는 것을 보았다.

탈출하기 위해서는 하늘로 날 수밖에 없었다. 다이달로스는 자신의 기술을 발휘하여 여기 저기 흩어져 있는 새의 깃털을 모아 큰 날개를 만들었다. 그런 후 자신과 아들의 몸에 완성된 날개를 밀랍(蜜蠟), 즉 양초로 단단하게 붙인 후 탈출을 감행했다. 이때 아들 이카루스에게 신신당부하면서 다음과 같이 충고하였다.

"아들아! 탑 위에서 날아오를 때는 반드시 바다와 태양의 중간을 날아야 한다. 절대로 너무 높이 날아오르지 마라. 너무 높이 날면 태양의 열기에 네 날개의 밀랍이 녹아서 떨어지고 만다. 그렇다고 너무 낮게 날지도 마라. 너무 낮게 날면 파도가 날개를 적실 수도 있다."

이들이 날아올라서 미궁을 탈출한 후 다이달로스는 줄곧 바다와 태양의 중간을 날아가 시칠리아에 도착한 후 그곳의 왕 코카로스의 보호를 받고 살았다.

그러나 하늘을 난다는 사실에 너무도 신이 난 아들 이카루스는 태양을 향해 자꾸 높이 올라갔다. 그는 아버지의 명령을 어기고 하늘을 난다는 기쁨에 취해 자꾸만 태양 가까이로 다가 갔다. 그러다 결국 태양에 너무 접근하는 바람에 태양열에 밀랍이 녹아 날개가 떨어져 나가면서 바다에 떨어져 죽고 말았다.

무모한 호기심이 참극을 불러온 것이다. 이카루스가 빠진 이 바다는 후일 그의 이름을 따서 이카리아, 즉 에게해(海)로 불리게 되었다.

그리스 신화 속에 나오는 이 이카루스의 추락 이야기는 흔히 욕망의 무모함을 경계하는데 자주 이용되고 있다. 성공을 하려면 무작정이 아닌 철저한 준비 속에 확고한 의지력이 동반되어야 함을 일깨워 준다.

가끔 이카루스처럼 자기 능력만 믿고 무작정 일을 하다보면 통제되지 않은 과욕에 젖어서 참혹한 결과를 맞을 수도 있다. 목숨을 건 탐구나 열정은 좋지만 준비되지 않는 자에게는, 즉 성공의 법칙을 거스르는 자에게는 성공이 따라오지 않는 법이다.

그런데 반대로 오히려 잘못될 것을 두려워하여 지레짐작으로 포기하는 사람들이 있다. 이런 사람들이 가지고 있는 심리적 불안감을 '이카루스 콤플렉스(Icarus Complex)'라고 한다. 바로 비즈니스를 하는 사람들에게도 이 이카루스 콤플렉스가 작용하는 경우가 있다.

어느 실적이 좋은 달, 예상치도 않았던 곳에서 계약이 성사되고 1건으로 예상했던 곳에서 여러 건이 체결되는 등 중간 마감에 벌써 한 달 치의 목표를 초과 달성해 버린 경우 '너무 많이 하면 다음달 실적이 적을 때 괴롭다.', '이번 달 실적은 충분하니 다음달을 위해 나머지 예약 받을 고객들은 남겨두자.'고 갈무리를 해 둔다. 이렇게 다음달 실적부진을 염려해서 더 많은 실적을 올릴 수 있는 능력과 기회를 포기해 버리는 경우가 가끔 발생한다.

자기 목표나 포부를 말할 때도 '만약 잘 안됐을 때 무슨 창피야.' 하는 염려 때문에 처음부터 축소시켜 발표하는 등 겸손을 떨다가 결과도 그렇게 만들어 버리는 경우가 발생한다.

윌리엄 하즈리트는 '자기 실력을 낮게 평가하는 자는 남의 멸시를 받게 된다.'고 했다. 더 큰 성공, 더 큰 영광을 향유하기 위해서는 나중에 실패할 수도 있다는 '나중 콤플렉스' 따위는 염두에 두지 말자.

성공하기를 원한다면 자기에게 맞는 끼를 살려야 한다. 아담스는 "대망을 품은 자는 위험한 계단을 오르더라도 어떻게 해서 내려올까를 걱정하지 않는다."고 말했다.

농부(農夫)의 마음으로 계획을 세워 차근차근 일을 추진해 나간다면 이번 달 업적 많다고 다음 달 업적 적을 것을 염려하지 않아도 된다. 씨를 많이 뿌리면 열매는 항상 거둘 수 있다는 이치를 명심하자. 너무 잘난 체하는 것도 금물이지만 너무 못난 체하는 것도 금물이다. 중용의 도를 지키는 것이 삶에서 가장 바람직한 처세술이다.

농부의 마음으로 계획을 세워 차근차근 일을 추진해 나간다면 이번 달 업적이 많다고 다음 달 업적이 적을 것을 염려하지 않아도 된다. 씨를 많이 뿌리면 열매는 항상 거둘 수 있다는 이치를 명심하자.

굳건한 정신력 앞에 당할 것은 없다

우리는 어떠한 지배자 밑에 있는 것이 아니다.

자기 정신의 지배 하에 있다. 자기 힘으로 하라!

— 루시우스 아나에우스 세네카 —

미국 뉴욕대학의 학장이었던 로빈슨 (Robinson) 박사는 한 모임에서 "무슨 일이든 마음먹기에 달렸다." 고 말하였다. 그랬더니 함께 자리했던 사람들이 반신반의하였다. 그 중 한 사람이 "그럼 6개월 동안 기간을 줄 테니 첼로 연주를 할 수 있겠느냐."고 제의하였다. 이에 로빈슨 박사는 6개월은 길고 2개월만에 배워서 다음 모임 때 연주하겠노라고 약속했다. 이에 그를 잘 아는 사람들은 "음악적인 소양이 전혀 없는 사람이 자신감만으로 악기를 잘 연주할 수 있겠느냐."고 물었지만 그는 빙그레 웃기만 하였다.

하지만 그는 2개월 후 기대 반 걱정 반으로 모인 사람들과 음악 애호가들까지 합해 약 5,000여명의 청중이 지켜보는 가운데 놀라울 정도로 첼로 연주를 시연해 보였다. 사람들은 너무도 감탄하여 로빈슨 박사에게 그렇게 속성으로 마스터할 수 있었던 비결을 물었다. 그러자 로빈슨 박사는 "나는 바이올린을 잘 켜는 친구에게 초보적인 연주법과 함께 지도를 받으며 2개월 동안 쉬지 않고 묵묵히 연습을 했을 뿐입니다." 라고 겸손하게 말했다. 그리고 그는 부연해서 말하기를 "이런 종류의 성공은 별것 아닙니다. 하나의 목적을 설정하고 꼭 해내고야 말겠다는 굳은 의지로 온 정신을 기울인다면 결국 그 목적이 이루어지는 것은 당연한 일이 아니겠습니까?"라고 오히려 반문했다.

　　이렇게 사람의 정신력은 때로는 상상도 할 수 없는 엄청난 일을 해낼 수 있다. 강력한 정신력의 소유자가 각 분야에서 초인간적인 신화를 창조한 사실을 가끔 듣는다. 인간의 정신력은 만물을 지배한다. 그래서 '인간이 소유한 물질력은 유한하지만 정신력은 무한하다.' 고들 말한다. 긍정적인 사고로 정신을 한 곳에 집중하면 우리 두

뇌는 창조적인 에너지를 발산할 수 있지만 '할 수 없다' 라는 부정적 사고로 임하면 잘될 수가 없다고 깨달아 자신의 일에 집중할 수 없게 된다.

세계 제2차대전 당시 승승장구하던 독일 롬멜(Rommel, Erwin Johannes Eugen)장군의 전차군단을 무찔러 독일의 깃발을 내리고 연합군에게 승리를 안겨준 제2차 대전의 영웅 영국의 조지 패튼(Geoge Patton)장군은 전략과 전술을 잘 세우는 군인으로도 유명하다. 그는 장병들을 훈련시키면서 입버릇처럼 "전투의지나 군인으로서의 적극적인 정신은 소극적 사고의 육체에서는 존재할 수 없다."고 했다.

성경에 이르기를 '정신만 살아 있으면 병도 이기지만, 정신무장이 돼 있지 않은 사람은 희망이 없다.' 라고 했다. 고대 그리스의 최대 철학자인 아리스토텔레스(Aristoteles BC 384~322)는 '생명이 정신 속에 있으므로 행복 역시 정신 속에 있다.' 고 했다.

프랑스의 황제 나폴레옹 3세(Napoleon Ⅲ, 1808~1873)는 '사회에는 칼과 정신이란 두 개의 힘밖에 없다. 그러나 항상 칼은 정신에 의해서 지배당한다.' 고 하였다. 위대한 업적을 남긴 사람들은 한결같이 정신력의 중요성을 역설했다. 적극적으로 무장한 건강한 정신을 갖지 않고서는 험한 비즈니스사회에서 성공을 거두기 어렵다.

신념의 마술

만일 당신이 진다고 생각하면 당신은 진다.

만일 당신이 틀린다고 생각하면 당신은 틀린다.

만일 당신이 이기고 싶어 하는 마음 한구석에서

자신 없는 생각을 한다면 당신은 절대로 이기지 못한다.

만일 당신이 실패한다고 생각하면 당신은 실패한다.

세상을 보라.

마지막까지 줄기차게 성공을 바란 사람만이

성공하고 있지 않은가?

모든 것은 사람의 마음에 달려 있다.

만일 당신이 향상하고 싶다,

자신을 갖고 싶다고 원한다면 당신은 그대로 된다.

건강한 정신을 가지지 않고서는 험한 전쟁터에서 용사로 태어나기 어렵다. 정신일도 하사불성(精神一到 何事不成)'이다. 마음 둔 곳에 혼신의 힘을 기울이면 못 이룰 것이 없다. 성공을 하기 위해서는 능력 못지않게 정신집중이 절대 필요하다.

자신감은 그 무엇보다 소중한 자산이다

우리들 가운데 현명한 사람들은 돈보다 잃어버리기 쉬운

훨씬 중요한 것들이 있다는 것을 알고 있다.

그것은 다름 아닌 정직과 용기, 자신감, 신용, 그리고 자존심이다.

- 웨스 로버트 -

프랑스 파리에 갑옷을 만드는 유명한 가게가 있었다. 어느 날 '나의 사전에 불가능이란 말은 없다.'는 명언을 남긴 니폴레옹(Napoleon, Bonaparte 1769~1821) 황제가 직접 찾아와 갑옷 한 벌을 주문했다. 황제에게 직접 주문을 받은 갑옷 만드는 사람은 그 일을 일생일대 크나큰 영광으로 생각하여 자기가 연구 개발한 아주 가벼운 재료로 정성껏 만들었다.

얼마 후 옷을 찾으러 온 나폴레옹 황제는 갑옷이 너무 가벼운 것에 깜짝 놀라 "이것이 도대체 무슨 갑옷이란 말이냐, 당장 단단한 강철로 다시 만들어라!" 하고 고함을 쳤다. 그러나 갑옷을 만든 사람은 이에 조금도 당황하지 않고 자신에 찬 소리로 이렇게 임금에게 아뢰었다.

"황제 폐하, 안심하십시오. 이 갑옷은 절대로 총알이 꿰뚫지 못합니다. 만일 의심이 든다면 한번 이 자리에서 직접 시험해 보이겠습니다."

그는 곧 갑옷을 자기가 입고 다시 아뢰었다.

"황제 폐하, 지금 당장 총으로 저의 가슴을 쏘십시오. 그러면 이 갑옷의 성능을 금세 아실 것입니다."

너무도 당당하고 자신 있는 태도에 나폴레옹은 매우 감동했다. 그래서 그를 믿고 칭찬하면서 갑옷을 찾아갔다고 한다.

당시 가장 절대적이었던 황제 앞에서도 떳떳하게 자기가 만든 것이 최고라고 말할 수 있는 힘, 그것은 자기 자신의 능력을 확고하게 믿는 자신감이 있었기에 가능하였던 것이다. 자신감을 잃으면 인생의 모든 것을 잃게 된다.

자신감과 자존심이 없는 사람은 뇌가 축소되면서 기억력, 학습능력 같은 뇌 기능도 저하된다는 연구결과도 나왔다.

캐나다 맥길 대학의 소니아 루피엥 박사가 노인 92명을 대상으로 15년에 걸쳐 '뇌 조영과 뇌 기능 테스트'를 실시한 결과를 보면 자신감이 결여된 사람들이 자부심이 강한 사람들에 비해 뇌의 크기가 약 20% 작고 기억과 학습기능도 현저히 떨어지는 것으로 나타났다.

루피엥 박사는 "그러나 이러한 부정적인 생각을 지닌 사람이라도 심리치료를 통해 생각하는 방식을 긍정적으로 바꾸면 뇌 기능의 저하를 회복할 수 있다. 일부 동물실험과 임상시험 결과도 이를 증명하고 있다."고 말했다.

그러므로 '나는 무엇이든 자신 있게 할 수 있다.'는 자기 충족적 예언(self-fulfilling prophesy)은 매우 중요하다.

어떤 일에 임했을 때 이를 완수하고야 말겠다는 투혼은 오로지 자신감에서 생겨나는 소산이다. 자신감은 불안감과 같이 전염성이 강하다. 자기가 하고 있는 일에 자부심을 갖고 자신 있게 임한다면 성공할 확률은 훨씬 높아진다.

'하늘은 항상 스스로 돕는 자를 돕는다.'는 격언은 언제나 진리이다. 일을 할 때는 항상 불안감을 없애고 자신감을 갖자. 자신감은 노력을 통해서만이 얻어지는 것이다. 오늘도 내일도 최선을 다 한다면 하늘은 당신을 최선으로 도울 것이다. 자신감은 자신감을 불러, 불가능을 가능케 하는 힘이 있음을 명심하자.

할 수 있는 한 모두 다 하라.

당신이 할 수 있는 모든 수단으로

당신이 할 수 있는 모든 방법으로

당신이 할 수 있는 모든 장소에서

당신이 할 수 있는 좋은 일은 모두 다 하라.

당신이 할 수 있는 한 언제까지든지

당신이 할 수 있는 한 오래도록

당신이 해줄 수 있는 모든 사람에게

당신이 할 수 있는 좋은 일은 모두 다 하라.

존 웨슬리

하늘은 항상 스스로 돕는 자를 돕는다고 한다. 일을 할 때는 항상 불안감을 없애고 자신감을 갖자. 자신감은 노력을 통해서만 얻어지는 것이다. 오늘도 내일도 최선을 다 한다면 하늘은 당신을 최선으로 도울 것이다. 자신감이 성공을 부른다.

제 3 장

상처 입은 조개가 진주를 만든다

누구든지 크나큰 시련을 당하기 전에는 참다운 인간이 못된다.

- 레오랄지이 -

고난은 변장한 축복이다

눈물을 흘리면서 빵을 먹어보지 못한 사람은

인생의 참맛을 알 수 없다.

– 괴테 –

이 세상에서 가장 향기로운 향료는 꽃
이나 열매에서 뽑아낸 것이 아니라 고래의 기름에서 뽑아낸 것이라
고 한다. 그것도 건강한 고래가 아니라 병든 고래의 기름에서 더욱
향기로운 향료가 추출된다고 한다. 우황 또한 건강한 소에서 추출되

는 것이 아니다. 병든 소에서 우황이 나와서 해열, 진정, 강심제 등으로 사용되는 것이다.

북아메리카에 있는 록키산맥(Rocky Mountains) 정상 부근은 추위와 강한 비바람, 그리고 눈보라 때문에 나무가 자라기 힘든 상황이다. 그래서 전문가들은 이 산맥의 해발 3천 미터 지점을 수목한계선 지대로 설정하였다. 그런데 이 수목한계선 근처에서 모진 비바람을 맞으면서도 웅크리며 자라는 나무가 한 종류 있다. 매서운 바람으로 인해 곧게 자라지 못하고 '무릎을 꿇고 있는 모습'을 한 채 있는 이 나무들은 재질이 좋아 값진 바이올린의 재료로 이용되고 있다. 즉 이 세상에서 가장 아름다운 소리를 내는 바이올린은 나무가 도저히 자랄 수 없는 '수목한계선'에서 비바람을 맞으며 겨우 웅크리고 있던 나무로 만든 것이다.

미르라(myrrha)라고 불리는 몰약(沒藥 : myrrh)은 매우 향기로운 향료이다. 그러나 몰약의 주성분은 작고 거친 가시나무의 껍질에서 추출된다. 몰약은 가시나무의 껍질에 구멍을 뚫어 그 수액을 채집한 것으로 아라비아어로는 '무르'라고 부른다. '무르'란 말은 '매우 쓰고 고약한 맛'이라는 뜻을 담고 있다. 이 악취를 풍기는 수액이 정제 과정을 거치면서 향긋한 몰약으로 변하는 것이다. 정제의 과정을 거치지 않은 액체는 고약한 수액일 뿐이다. 이 몰약은 동방박사들이 아기 예수에게 드린 영광의 선물이었다고 한다.

♣﷽ 여기에 고난을 통하여 대성한 인물들이 있다.

현대의 가장 뛰어난 물리학자의 한 사람인 스티븐 호킹(Stephen Hawking 1942~)박사는 루게릭병으로 전신마비의 처지에 놓여 있는 1급 장애인이다. 젊은 시절 그는 장애인으로서 한 때 절망을 했지만 그 후 몸이 전부가 아님을 깨닫고는 오로지 자기 능력을 발휘하는 데에만 혼신의 힘을 기울여서 세계 최고의 천문학자로 인정받고 있는 것이다.

맹인에다 벙어리, 귀머거리라는 3중고를 극복하고 하버드대학에 입학한 사회사업가 헬렌 켈러(Helen Keller 1880~1968)는 최악의 비극과 운명을 최고의 행복과 영광으로 바꾼 의지의 실천가이다.

그녀는 인간의 능력과 인내가 얼마나 강한지를 보여준 훌륭한 본보기로 세상을 떠난지 수십 년이 흘러간 지금도 전 세계인들로부터 추앙을 받고 있다. 그녀는 또한 인간은 자기보다 못한 사람에게 사랑을 기울여야 한다는 진정한 사랑의 실천가로도 존경을 받고 있다.

가곡의 왕이라 일컬어지고 있는 오스트리아의 작곡가 슈베르트(Franz Peter Schubert 1797~1828)는 젊디젊은 31세의 나이로 죽기까지 피아노 한 대 없이 가난한 사람이었지만 '아름다운 물방앗간의 처녀', '겨울 나그네', '군대행진곡', '아베마리아' 와 같은 수많은 명곡들을 남겼다.

눈을 잃은 후에 《실락원》이라는 대작을 쓴 밀턴(Milton, John), 귀머거리가 된 뒤에 '9번 교향곡' 을 쓴 독일이 낳은 세계적인 작곡가

이자 악성(樂聖)인 베토벤(Beethoven, Ludwig van), 두 팔이 없이 태어나서도 끊임없는 창의력으로 장애를 극복하여 '위대한 미국인 청년상'을 수상한 존 포페, 루게릭 병으로 전신마비가 되었지만 자신이 지도하던 가토스 고등학교의 축구부를 챔피언으로 이끌어 불굴의 미국인으로 존경받고 있는 찰리 위드마이어 등 이루 헤아릴 수 없을 정도로 많은 사람들이 남들은 도저히 불가능하다고 여기는 혹독한 고난을 딛고 일어서서 성공을 이룬 것이다.

이처럼 비록 몸은 부자연스러워도 강한 의지와 정신력, 그리고 고통스런 노력을 실천한 인물들이 역사상 위대한 인물로 부각된 경우가 많다. 영혼의 상처를 감싸 안을 줄 아는 이들만이 진정한 삶의 새 지평을 열어가는 법임을 이들은 보여주고 있는 것이다. 때론 고난이 인생을 아름답게 하고 값진 의미를 준다. 인생을 살다보면 죽을 것만 같은 고비를 넘겨야 할 때가 우리에게는 많다. 하지만 인생에서 아름다운 영혼의 향기를 발산하는 사람은 그 모든 고난과 죽을 것만 같은 고비를 묵묵히 견디어 낸 사람임을 알 수 있다. 그런 삶을 산 사람만이 후에 고난과 역경으로 '내 삶의 나이테가 한 층 더 두꺼워지고 삶의 옹이가 단단해졌노라,'고 당당하게 고백할 수 있을 것이다.

헬렌 켈러는 어떻게 해야 성공할 수 있는지 묻는 사람에게 이렇게 말했다.

"쉽고 편안한 환경에선 강한 인간이 만들어지지 않는다. 시련과 고통의 경험을 통해서만 강한 영혼이 탄생하고, 통찰력이 생기고, 일에 대한 영감이 떠오르며, 마침내 성공할 수 있다.”

고난은 몰약과 같다. 우리를 괴롭히는 고통과 패배, 가난, 억울함, 분노, 슬픔, 열등감 등이 때로는 인생의 좋은 향료가 될 수도 있다. 고통은 연단의 과정을 거쳐 삶의 향기를 발한다. 그러나 모든 것을 포기하고 한숨만 쉬는 비관적인 사람에게는 고난이 ‘독극물’이 되고 만다. 미국의 시인 라이스 여사는 ‘고난이야말로 변장한 축복’이라고 노래하였다. 조물주는 낙관적인 인생관을 가진 사람에게만 복을 준다. 건강한 몸과 마음을 가진 일반 사람들이 더 가치 있는 일, 세상을 아름답게 바꾸는 일에 열과 성을 기울인다면 육체적으로 불편한 이들보다 더 많은 성취가 가능하다는 것이 당연한 논리일 것이다. 하지만 일반인들은 오히려 현실에만 안주하면서 힘들고 어려운 일을 기피하고 편한 길로만 인생을 걸어가려고 하는 나약한 모습을 보여 주는 경우가 많다.

드넓은 바다에는 끊임없이 파도가 일고 태풍이 불어오듯 부푼 꿈과 뜻을 지닌 사람들 앞에 시련은 다가오게 마련이다. 그러나 이를 어떻게 극복해 나가느냐에 따라 인생의 성패가 좌우된다는 점을 명심해야 한다.

고난과 눈물이

나를 높은 예지로 이끌어 올렸다.

보석과 즐거움은

이것을 이루어 주지 못했을 것이다.

고난은 인간의 진가를 증명하는 것이다.

페스탈로치

드넓은 바다에 끊임없이 파도가 일고 태풍이 불어오듯 부푼 꿈과 뜻을 지닌 사람들 앞에 시련은 다가오게 마련인데 어떻게 이를 극복하고 나가느냐에 따라 인생의 성패가 좌우되는 것이다. 인내는 쓰나 고통의 열매는 달다.

투지는 기적을 낳는다

우리가 어떤 것을 원할 때 이를 위해 가장 값비싸게 치르는 대가는

그것을 요청하는 일이다. 당신의 신념에 요청을 혼합하면

당신은 원하는 바를 성취할 수 있다.

- 에머슨 -

미국 해군의 한 젊은 장교가 암에 걸려 의병제대를 하게 되었다. 그는 암으로 네 번이나 수술을 해야 했으며 그때마다 겨우 죽을 고비를 넘기면서 간신히 목숨을 연명했다. 네 번째 수술이 끝났을 때 의사가 그에게 말했다.

"당신은 앞으로 보름밖에 살 수 없습니다." 그 말은 바로 최후의 통첩, 사형선고와 다름이 없었다. 그는 마지막 남은 보름이라는 시간을 결코 헛되이 보내고 싶지 않았다. 그는 제일 먼저 국회로 달려가 다시 군에 복무하게 해 달라고 청원을 했다. 너무나 간절한 그의 부탁에 국회의원들은 감명을 받았고 당시 미국의 33대 대통령이었던 트루먼(Harry S. Truman 1884~1972)은 그를 다시 장교로 복무하게 하는데 동의했다.

그는 청원이 받아들여지자 예전보다 더 왕성한 의욕으로 일에 몰두했고 불타는 투지로 자신의 삶을 이어 나갔다. 그는 자기가 환자라는 사실을 잊었다. 아니 생각을 결코 하지 않고 오로지 맡은 일에만 열중하였다. 그렇게 약 보름이라는 시간이 지나갔지만 그는 죽지 않았다. 그렇게 또 한 달이 지나갔다. 그래도 그는 죽지 않았다. 피를 토하면서 쓰러져도 "나는 살 수 있다."고 그는 항상 외쳤다. 1년이 지났다. 그래도 그는 살아 있었다. 오히려 암의 증세는 점점 사라지고 있었다. 몇 년이 지나자 기적같이 거의 완치 단계까지 이르게 되었다. 이 해군장교가 바로 미국 제7함대 사령관으로 유명했던 로젠버그 (Rosenberg) 소장이다.

이 실화가 우리에게 주는 교훈은 과연 무엇일까? 그것은 우리의 정신 속에 불가능을 가능으로 전환시킬 수 있는 보이지 않는 그 어떤 힘, 즉 잠재능력이 자리 잡고 있다는 것을 일깨워 주는 것이다.

그 힘은 바로 인간만이 가지고 있는 강한 신념의 힘이요, 불타는 의지와 투지라고 할 수 있다.

도종환 시인은 '그대 가슴에 뜨는 나뭇잎 배'에서 이렇게 노래하고 있다.

봄에 꽃을 피우는 꽃나무는 봄에 그 꽃을 준비하지 않는다.
한 겨울 내내 준비를 한다.
새벽 아침은 아침이 되어야 밝아오는 것이 아니다.
어둠 속에서 그 어두움과 밤을 새워 싸우면서 준비해 온 것이다.
지금 비록 많이 절망스럽기는 하지만
희망도 늘 절망 속에서 절망과 싸우며 마련해 가는 것이다.

절망과 공포는 썩은 새끼줄을 뱀으로 착각하게 만드는 마음속의 병이다. 정말 문제가 되는 것은 절망이 아니라 자기 자신의 연약한 마음 자세라는 것을 알아야 한다.

사람이 절망하는 이유는 닫힌 문을 보고 있기 때문이다. 그런데 대부분의 사람들은 그 옆에 있는 작은 희망의 문이 열려 있는 것을 눈여겨보지 않는다. 열려 있는 희망의 문을 보라. 그 곳에는 새로운 세계가 놓여 있다. 그 문만 열면 모든 게 당신 뜻대로 되도록 설계되어 있다. 이제부터 모든 어려움은 결국 해결되고 만다는 믿음과 소망과 투지를 갖고 열심히 활동하자.

모든 것은 마음에 달려있다.

스스로 졌다고 생각하면 진다.

스스로 용기가 없다고 생각하면 비겁해 진다.

이기고 싶지만 이길 수 없다고 생각하면

이기지 못할 것이 거의 확실하다.

질 거라고 생각하면 진다.

세상으로 나가면 성공은 의지에서부터

시작된다는 것을 알게 될 것이다.

모든 것은 마음에 달려있다.

스스로 남들보다 뛰어나다고 생각하면 남을 앞설 수 있다.

미상(미국)

모든 어려움은 결국 해결되고 만다는 믿음과 소망과 투지를 갖고 열심히 활동하자. 항상 모든 일을 믿고 조금 더 참고 인내하면서 행동하도록 하자. 미래와 꿈이 있는 사람은 어떤 환경을 만나도 절망하지 않는다.

상처 입은 조개가 진주를 만든다

인간은 패배하였을 때 끝나는 것이 아니다. 포기했을 때 끝나는 것이다.

추위에 떤 자만이 태양의 따뜻함을 느낀다.

인생의 고난을 겪은 자만이 생명의 존귀함을 안다.

- 서양 속담 -

전 세계 여성들의 선망의 대상인 코코 샤넬(Coco Chanel 1883~1970)에게는 슬픈 과거가 있다. 첫사랑을 바쳐 사랑했던 남자는 어느 날 훌쩍 떠나버리고 홀로 딸아이를 키우던 그녀에게 찾아온 시련은 아이의 병이었다. 몽파르나스 뒷거리의 어느 이름 없는 양재점에서 견습생으로 일하던 그녀는 아이를 병원에 데려 갈 돈이 없었다. 곧 죽을 것만 같은 아이를 바라보던 그녀는 일생에 단 한 번 몸을 팔았다.

인적이 드문 파리의 밤거리에 나와 지나가는 사내에게 "나를 사세요!" 하고 말했다. 몸을 판 돈으로 아기의 목숨을 살렸다. 그리고 그 수치와 세상에 대한 분노를 가슴에 안고 '나는 기어이 성공하리라.' 고 하늘에다 굳게 맹세하였다.

그녀는 그 노여움의 에너지 위에 자신의 꿈을 쌓아 패션과 향장으로 세계 굴지의 사업을 일구었다. 전설의 향수 '샤넬 넘버 5', 사라지지 않는 영원한 클래식 패션 샤넬룩을 창시함으로써 그녀는 죽어서도 영원히 살아있는 성공신화를 일구었다.

감미로운 목소리로 역사상 가장 빼어났던 샹송싱어로 칭송받고 있는 에디뜨 피아프(Edith Piaf 1915~1963) 역시 이름 없는 목로주점에서 노래하던 시절이 있었다. 그 때 그녀는 바텐더와 사랑에 빠져 아이를 낳았다. 그런데 얼마 안 가 사랑하는 사람에게 버림을 받아 힘들게 살게 되었다.

그러던 어느 날 아이가 몸이 아파 사경을 헤매고 있었다. 그녀는 어린 자식을 살리기 위해 싸락눈 흩날리는 샹젤리제 거리에서 몸을 팔 수밖에 없었다. 오열이 터져 나오는 입술을 굳게 악물고서 하루 저녁 뭇 남자에게 돈을 받고 몸을 팔았다.

그 날 이후 에디뜨 피아프의 목소리에는 깊은 슬픔과 고뇌와 절망을 뚫고 솟아오르는 에너지가 있어 영혼의 노래를 부르게 되었다. 절절한 아픔이 담겨 있는 그녀의 상송은 프랑스가 낳은 실존주의의 대철학자인 사르트르(Sartre)의 격찬을 얻게 되었고, 듣는 이들의 심혼을 사로잡아 불멸의 성좌에 올랐다. 지워지지 않는 영혼의 아픔을 노래한 그녀는 온 세계인들이 사랑하는 여인이 되었다.

♣ 아르헨티나 부에노스아이레스의 빈민가에서 태어났으면서도 빼어난 미모와 지략을 지니고 환락가의 밤꽃이 되었던 뮤지컬 '에비타(Evita)'의 주인공인 에바 페론(Evita Eva Peron 1919~1952) 역시 자신의 영혼 속에 남겨진 상처에서 진주를 만들어낸 여인이다.

'내 비록 가난하여 웃음을 팔고 살지만 세상을 바꿀 만한 포부를 지닌 사내가 아니고는 결코 사랑하지 않으리라.' 하고 다짐하고 있을 때 패기만만한 청년장교 페론을 만나 사랑에 빠지고 그를 부추겨 쿠데타를 일으키게 하였다. 그녀는 정권을 장악한 다음 온 열정을 바쳐 가난을 몰아내는데 일생을 보냈다. 그리고 때때로 변장한 차림으로 부에노스아이레스의 빈민가를 찾아 그들의 고통이 무엇인지를 직접 살펴 구제해주는 빈민가의 성모 마리아가 되었다.

♣ 미국의 사상가이자 시인인 에머슨(Emerson, Ralph Waldo 1803~1882)은 '역경은 과학적인 가치를 지니고 있다. 그것은 무엇

을 배우고자 하는 사람에겐 절호의 기회가 된다. 군자는 성공할 기회가 없다고 불평하지 않는다.' 고 하였다.

시련의 쓰라림 속에서 위대한 예술이 탄생되었듯이 인간에게 시련은 더 없이 소중한 자극이 된다. 불에 달군 쇠가 더 단단해지듯이 시련을 겪은 사람이 더 큰 성공을 약속 받는다는 것은 진리에 가깝다. 진주조개는 잘못 삼킨 이물질에 소화기관이 상처를 입으면 이를 녹여 없애기 위해 강력한 소화액을 분비한다. 이때 그 이물질이 소화되지 않으면 분비물이 둥글게 감싸고 점점 자라 영롱한 진주가 되는 것이다.

무슨 일이든지 처음에는 힘든 고비가 있다. 그 고비를 두려워하지 말자. 첫 고비를 넘으면 생각보다 일은 수월하게 풀려 나간다. 사람들은 첫 고비를 두려워하기 때문에 능히 할 수 있는 일도 어렵다고 포기하는 것이다.

사람은 누구나 고통과 절망을 피하고 싶어 한다. 그러나 피한다고 해서 고통이 사라지지는 않는다. 그것이 고통의 본질이다. 살아가는 일이 아무리 힘들고 고통스럽다 하더라도 너무 두려워하지는 말자. 희망의 싹을 키우면서 노력한다면 언젠가 고통은 행복으로 자리매김할 것이다. 그것이 자연의 섭리요, 이치이다.

불행에 처했을 때 왜 용기가 필요한가?

위대한 용기는 가장 위급한 시련기에 생기는 것이고

필요한 용기는 오직 시련, 그 자체와 함께 생긴다.

어떤 사람들은 이런저런 상실.

노년, 고통스러운 질병, 불구, 혹은 배우자의 죽음 등을

감당할 용기가 있을까 하고 항상 걱정한다.

불행에 처했을 때 왜 용기가 필요한가?

그것은 용기 있게 직면하는 것이

절망에 빠져 있는 것보다 덜 고통스럽기 때문이다.

좋은 날씨는 언제 느끼는가?

우리가 진정으로 좋은 날씨를 느끼려면

그것이 오랜 동안의 악천후 뒤에 와야만 한다.

아무도 사람을 죽이지 않는다.

스스로가 자신을 죽일 뿐이다.

마찬가지로 우리는 불경기를 겪고 나서야

비로소 호경기를 감사할 수 있게 된다.

인생은 모험으로 사는 것이다.

폴 투르니에

성공은 주어진 환경과 밀접한 영향이 있다. 주어진 환경이 아무리 좋아도 성공
하지 못하는 사람들이 많다. 시련 없는 성공은 없다. 추위가 심할수록 오는 봄의 나뭇
잎은 한층 푸르다

고통이 없으면 얻는 것도 없다

승리는 노력과 사랑에 의해서만 얻어진다.

승리는 가장 끈기 있게 노력하는 사람에게 간다.

어떤 고난의 한가운데 있더라도 노력으로 정복해야 한다.

그것뿐이다. 이것이 진정한 승리의 길이다.

- 나폴레옹 1세 -

독일이 낳은 세계적인 불멸의 음악가 악성(樂聖) 베토벤(Beethoven, Ludwig van 1770~1827)은 평생을 가난과 실연, 병고에 시달리며 살았다. 그는 17세에 어머니를 잃었다. 그리고 28세에 청각을 잃는 비참한 운명을 맞았다. 음악을 하는 사람이 청각을 잃고 아무것도 들을 수 없게 된다는 것은 곧 죽음을 의미한다. 이렇게 되자 그는 신이 내린 운명을 슬퍼하며 하일리겐스타트라는 도시로 요양을 떠난 뒤 그곳에서 꽃다운 32세 나이에 자살을 결심하고 유서를 썼다. 목숨을 끊으려는 순간에 한 평생을 병마와 싸우며 살다간 어머니의 모습이 떠올랐다. '내가 이렇게 죽으면 어머니가 기뻐할까? 이렇게 죽는 것이 어머니께 잘 하는 짓인가?' 하고 생각하였다.

그는 눈물을 흘리며 썼던 유서를 찢어버렸다. 그리고 죽을 결심을 가지고 다시 한번 새로운 인생을 살겠다고 굳게 다짐했다. 비록 청력은 잃었지만 새로운 음악을 만들어 보겠다고 생각했다. 그 결과 그는 귀가 안 들려 가는 도중에도 '제2교향곡', '오라토리오 감람산상(橄欖山上)의 그리스도' 등 주옥 같은 명곡들을 만들어 냈다. 훗날 비참한 생애에 버팀목이 되어준 '하일리겐스타트의 유서(Heiligenstadt Testament)'의 내용은 이렇다.

내가 죽음을 생각했을 때 음악에 대한 열정이 나를 붙들었다. 문득 신이 내게 명령하신 일을 다 끝내기 전에는 이 세상을 떠날 수 없다는 생각이 들었다. 앞으로 내 손을 통해 태어나야 할 음악들…. 그것을 생각하며 나는 지금 비참한 삶을 견뎌내고 있다. 나는 하루하루 내 마음에 인내를 새로 쓰고 있다. 나를 위협하는 운명이 내 삶을 끊어버리는 순간, 그때까지 나

는 흔들리지 않을 것이다. 바로 내 눈앞에 놓인 순간이 지금
보다 좋아질지 혹은 그렇지 않을지 모르겠지만 각오는 되어
있다.

아아! 사람들은 언젠가 깨닫게 될 것이다. 비참한 운명을 어
깨에 짊어지고도 음악가로서 최선을 다하기 위해 몸부림친
사람이 있었다는 것을. 또한 불행하다고 생각하는 사람은 자
기처럼 불행한 어떤 사람(베토벤)이 존재하고 있었다는 사실을
깨닫고 위안을 얻을 것이다.

나의 예술 열정이 활활 타오르기 전에 죽음이 닥쳐온다면 나
의 운명이 아무리 무자비할지라도 나는 맞서 싸울 것이다. 언
제든지 나는 용감하게 그를 맞이하리라.

그런데 또 위기가 닥쳐왔다. 그의 말년은 매우 비참하고 절망바
로 그 자체였다. 음악가로 한창 명성을 얻고 있을 때 그는 우울증 증
세에다가 이젠 두 귀의 청각을 완전히 잃고 실연의 아픔까지 겪게
되는 불운의 연속이었다. 그는 도저히 음악을 계속할 수 없는 고통
속에서 날마다 몸부림쳤다. 그러다 문득 자신의 지난날들을 돌아보
게 되었다.

'나는 무엇을 위해 살았는가?' 베토벤은 정신이 번쩍 들었다. '결
코 이대로 포기할 수는 없다!'

그때부터 또 다시 그의 마음속에서 그칠 줄 모르는 음악의 열정이

숫아올랐다. 베토벤은 성난 파도와 같이 머릿속에 떠오르는 선율을 악보 위에 적기 시작했다. 때로는 천둥 번개가 내려치는 듯한 웅장한 선율을 작곡했다. 생애 최고의 걸작 일부는 그가 완전히 소리를 들을 수 없게 된 이 마지막 10년 동안에 작곡되었다. 교향곡 제3번 '영웅'이나, 피아노 협주곡 제4번 '운명(교향곡 제5번)' 등은 모두 이때 탄생된 것들이었다. 그리고 1824년 54세에 그의 마지막 작품이자 가장 유명한 걸작품인 교향곡 제9번 '합창'을 작곡해 냈다.

베토벤이 이 마지막 교향곡(제9번 합창)의 연주회를 지휘하기 위해 빈으로 갔을 때의 일이다. 9번 합창곡이 처음 연주되던 날은 베토벤의 지휘로 연주되었다. 연주는 대 성공이었다. 관중들은 베토벤에게 아낌없이 우뢰와 같은 박수를 보냈다. 그러나 그는 박수소리를 들을 수 없었다. 단원 중 한 사람이 베토벤의 몸을 돌려 관중석으로 향하게 하였을 때에야 비로소 성공을 거둔 것을 알고 눈시울을 적셨다. 베토벤은 이렇게 긴 시련 속에서도 꿋꿋한 의지의 힘으로 어렵고 힘든 상황을 이겨내 주옥 같은 악곡을 만들었던 것이다. '운명아 길을 비켜라. 내가 나간다.'라며 마음속으로 굳게 외치면서 운명의 벽을 깨트린 베토벤이었다.

이렇게 베토벤은 청각장애를 가진 상태에서 노력하여 작곡을 했고 독일을 대표하는 낭만파 음악의 선구자요, 불후의 명곡을 남긴 세계적인 음악가로 명성을 날리게 되었다. 지금도 그의 작품들은 식을 줄 모르고 생명력을 발휘하고 있다.

♣﹡ 어느 의과대학에서 교수가 학생에게 질문을 했다.

"한 부부가 있는데 남편은 매독에 걸려 있고, 아내는 심한 폐결핵에 걸려 있다. 이 가정에는 자녀가 넷이 있다. 첫째 아이는 장님이고, 둘째 아이는 몸이 허약해 일찍 죽었으며, 셋째 아이는 장님에다 벙어리이고, 넷째 아이는 어머니의 영향을 받아 결핵환자인데 얼마 못 산다고 한다. 그런데 그 어머니는 현재 새로이 다섯 번째 아기를 임신하였다. 만약 이럴 경우 그 어머니에게 어떤 결정을 내려야 하겠는가?"

그러자 한 학생이 대뜸 소리쳤다.

"낙태 수술을 해야 합니다."

그러자 교수가 말했다.

"아, 그런가? 그럼 자네는 방금 베토벤을 죽였네."

이 불행한 상황에서 다섯 번째 아이로 태어난 사람이 바로 베토벤이었던 것이다.

아버지는 매독에 걸려 있고, 4남매 가운데 하나는 이미 죽었고, 셋째는 결핵에 걸려 살 희망이 없는데, 어머니는 폐결핵 중증인 상태에서 임신을 했다. 오늘날의 의학적 판단으로는 당연히(?) 낙태해야 한다고 결정을 내릴지도 모를 그 뱃속의 아이가 인고의 바람을 견디어 내고 세계적으로 가장 유명한 악성 베토벤이 되었던 것이다.

당신은 이 이야기 한 토막을 읽으면서 무엇을 느꼈는가? 무슨 일을 하든 어떤 경우를 당하든 너무 쉽게 포기 하지 말자.

영국의 문학가 사무엘 존슨(Samuel Johnson 1709~1784)은 '인생에서 고난을 극복하고 성공을 향해 힘찬 발걸음을 내딛으며 새로운 소망과 함께 그것을 성취하려고 애쓰는 것 보다 더 고상한 즐거움은 없다.'고 말했다. 비록 우리의 현재상황이 어렵게 전개되고 있다 해도 낙망하거나 포기하지 말자. 자신과의 싸움에서 오히려 굳센 의지와 끝없는 인내로 승리의 노래를 부를 수 있도록 최선을 다하여 노력해 나가자.

'고통이 없으면 얻는 것도 없다(No pain, No gain.)'라는 평범한 세상살이의 지혜로 자신을 변화시켜야 한다. 자기가 하고 있는 일에 대한 태도는 얼마든지 바꿀 수 있다. 일에 대한 자기 태도가 성공 인생을 좌우한다고 보면 된다. 분명한 사실은 당신 운명의 열쇠는 다름 아니라 당신이 쥐고 있다는 것이다.

인생에서 고난을 극복하고 성공을 향해 힘찬 발걸음을 내딛으며, 새로운 소망과 함께 그것을 성취하려고 애쓰는 것보다 더 고상한 즐거움은 없다. 비록 우리의 현재상황이 어렵게 전개된다고 해도 낙망하거나 포기하지 말자. 최상의 것은 그 가치에 따른 고통이 수반한다.

시련은 인생을 보다 윤기 있게 해 준다

이루고자 하는 일이 시련과 역경에 부딪쳐 그르치게 되면

보통 사람들은 절망하게 된다. 그러나 이것은 시련이지 실패가 아니다.

내가 실패라고 생각하지 않는 한 이것은 실패가 아니다.

나는 생명이 있는 한 실패는 없다고 생각한다.

내가 살아 있고 건강한 한 나한테 시련은 있을지언정 실패는 없다.

- 정주영 -

영국 국왕 에드워드 7세는 왕위계승의
1순위로 장남인 앨버트 빅터를 지명했으나 젊은 나이에 일찍 사망
한 관계로 둘째인 조지 5세(George V 1910-1936)에게 계승하였다.
그런데 조지 5세는 형인 앨버트 빅터의 갑작스런 죽음으로 급히 왕위를 이어받은 뒤 많은 어려움을 겪어야 했다. 그는 막중한 책임감과 살얼음을 딛는 것 같은 긴장된 생활 속에서 오는 불안감으로 몹시 힘들어했다. 어떤 때는 우울증 증세까지도 나타났다.

그러던 어느 날 그는 작은 소도시의 한 도자기 공장에 들르게 되었다. 평소 도자기에 남다른 관심을 가지고 있던 터라 조지 왕은 모든 일정을 마친 뒤 모처럼 편안한 마음으로 공장을 둘러보았다.

도자기 작품들이 전시되어 있는 방으로 안내된 그는 잘 만들어진 도자기들의 아름다움에 감탄하였다. 그러다가 문득 두 개의 꽃병이 특별히 전시되어 있는 곳에서 걸음을 멈추었다. 유심히 살펴보니 두 개의 꽃병은 같은 원료와 같은 스타일을 사용하여 무늬까지 똑같은 것이었는데, 하나는 윤기가 흐르고 생동감이 있는 모양을 하고 있었고, 다른 하나는 투박하고 볼품없는 모양이었다.

이를 이상하게 여긴 조지 왕이 공장장에게 물었다.

"여기 있는 이 두 개의 꽃병이 같은 원료로 만들어졌겠지만 내가 보기엔 그 느낌이나 작품의 완성도가 너무 다르오. 하나는 아주 훌륭하게 만들어졌으니 이곳에 전시되는 것이 당연 하겠지만 다른 하나는 이곳에 두기엔 모양새가 형편없는 것 같소. 그런데 어째서 두 개의 꽃병을 나란히 두었소?"

왕의 물음에 공장장은 미소를 지으며 이렇게 대답했다.

"전하, 그 이유는 간단합니다. 이 윤기 나는 도자기는 불에 구워졌기 때문에 윤기가 나는 것이고, 저 도자기는 아직 불에 들어가지 않았기 때문에 윤기가 나질 않는 것입니다. 시련은 인생을 윤기 있게 하고 생동감 있게 하며 무엇보다 아름답게 해 줍니다. 두 개의 꽃병을 저렇게 나란히 이 곳에 전시해 둔 것은 그런 뜻을 보여주기 위한 것입니다."

여기서 커다란 것을 깨달은 왕은 그 후 자신감을 갖고 정사를 올바로 이끌어 많은 존경을 받게 되었다.

하다보면 때론 힘이 부칠 때도 있고 고객에게 심한 거절을 당하여 포기하고 싶을 때도 있다. 이때 이 시련을 극복해야만 실패를 하지 않게 된다. 성공은 시련 위에서만 아름다운 꽃을 피우는 법이다. 시련은 인생을 윤기 있게 하고 생동감 있게 하는 자양분과 같은 것이다. 시련과 고통이 다가올 때는 참으로 가슴 아프지만 그 시련과 고통이 삶을 아름답게 구워낸다는 것을 깨닫는 사람은 고통을 이겨 나갈 수 있다.

인생은 순탄한 행보보다는 시련 뒤의 성공이 훨씬 더 값어치가 있어 보이는 경우가 많다. 시련 뒤에 나타나는 삶은 너무도 행복한 법이다 시련은 나를 더 강하게 하고, 시련을 통해 나 자신이 사는 이유를 더욱 명확하게 하기 때문이다.

인생의 목적

인생의 목적은 끊임없는 전진이다.

앞에는 언덕이 있고

냇물이 있고, 진흙도 있다.

걷기 좋은 평탄한 길만이 아니다.

풍파는 언제나 전진하는 자의 벗이다.

차라리 고난 속에 인생의 기쁨이 있다.

풍파 없는 항해, 이 얼마나 단조로운가!

고난이 심할수록 내 가슴은 뛴다.

니 체

일을 하다보면 때론 힘이 부칠 때도 있고 고객에게 심한 거절을 당하여 포기하고 싶을 때도 있다. 이때 이 시련을 극복해야만 실패를 하지 않게 된다. 성공은 시련 위에서만 아름다운 꽃을 피우는 법이다.

모자랐기 때문에 성공할 수 있었다

나는 아무것도 해보지 않고 성공했다고 자랑하는 것보다는

차라리 위대한 일을 시도했다가 실패하고 싶다.

- 로버트 H. 슐러 -

세계 최대의 가전회사인 일본의 마쓰시다 그룹을 창업한 마쓰시다 고노스케(松下幸之助 1896~1989)는 '경영의 신'이라고 불리는 일본 최고의 기업가이다. 마쓰시다 그룹은 무려 71개의 계열사를 거느리고 있는 거대한 기업군으로 마쓰시

다 전기에서 생산된 제품의 이름을 들으면 대부분 알 수 있는 기업이다. 'Panasonic National' 이라는 상표를 가지고 있으며 SANYO , AIWA라는 회사와는 친족관계를 이루고 있다. 이런 그에게 어느 날 니혼게이자이신문(日本經濟新聞)의 산업전문기자가 이렇게 물었다.

"회장님은 남들과 무엇이 달랐기에 이처럼 71개 계열사에 종업원 13만 명을 거느린 세계적인 그룹을 키워낼 수 있었습니까?"

마쓰시다 회장은 그의 질문에 한참을 망설이다가 대답했다.

"저는 남들보다 3가지가 모자랐기 때문입니다. 첫째, 저는 무척 가난 했습니다. 둘째, 저는 다른 사람보다 몸이 약했습니다. 셋째 저는 머리가 남들보다 좀 모자랐습니다."

이 말을 들은 기자는 도저히 이해가 안 되어 머뭇거리자 마쓰시다는 웃으면서 이렇게 부연 설명했다.

"하나님은 내게 세 가지 은혜를 주셨습니다. 첫째, 가난했기에 어릴 때부터 구두 닦기와 신문팔이 등 많은 세상 경험을 쌓을 수 있었고, 둘째, 몸이 약했기 때문에 항상 운동에 힘써 늙어서도 이렇게 건강을 유지할 수 있었으며, 셋째, 초등학교도 졸업하지 못하여 무식했기 때문에 세상 사람들을 모두 나의 스승으로 여기고 언제나 배우는 자세로 임하면서 하는 일에 게으르지 않을 수 있었습니다."

♣. 이 글을 읽을 때 무엇인가가 당신의 가슴을 때리지 않는가? 이것이 바로 일본 기업사에 있어서 신(神)과 같은 존재로 세인들에

게 회자되고 있는 마쓰시다 고노스케가 지닌 성공비결인 것이다.

세계적 재벌이었던 그는 자기에게 성공을 가져다준 3가지 조건을 '가난과 무학, 그리고 허약한 신체' 라고 하였다. 이렇듯 젊은 시절 그는 어느 것 하나도 자신 있는 조건이 없었다.

하지만 그는 가난했기 때문에 벌어야겠다는 강한 정신력으로 딛고 일어설 수 있었고, 가난했기 때문에 강해야 한다는 투지가 불타올랐으며, 그리고 그런 헝그리(hungry) 정신이 오늘의 그가 있게 한 원동력이 되었던 것이다.

또한 그의 학력은 초등학교 4학년 중퇴가 전부였다. 그는 언제나 '모든 사람은 나보다 낫다.' 는 생각을 갖고 있었다. 그러나 이것은 열등감이 아니라 다른 주위의 사람들로부터 배우려는 적극적이고 진취적인 자세였다. 그래서 그는 부하 직원의 의견에 귀를 기울였고, 고객의 의견에 귀를 기울였으며 언제나 머리 숙여 배우는 자세로 임했다. 이러한 그의 진심이 전달되어 모두들 열심히 일해주어 성장할 수 있었다. 그래서 "경영 이란 경영진과 전체 종업원의 아이디어를 총 결집한 것이다."라는 유명한 말을 남겼다. 항상 경영자는 종업원을 내 가족같이 존중해야 한다는 것이 그의 지론이었다.

앞서 설명했듯이 그는 무전무학(無錢無學)일 뿐만이 아니라 타고난 허약한 체질이었다. 조금만 움직여도 힘에 부쳤다. 마쓰시다는 모든 일을 자신이 다할 수 없다는 사실을 잘 알고 있었던 것이다.

그러므로 남에게 일을 맡기지 않을 수 없었다. 하지만 스스로 할 수 있는 일은 절대로 남에게 부탁하거나 미루지 않았다. 그리고 일을 맡길 때에도 '누구든 나보다는 우수하니까.' 하는 마음으로 자기 일을 마음 놓고 맡길 수 있었다. 이러한 그의 뜻이 전달되자 모두가 맡은 바 일을 제 일처럼 열심히 해주었다고 한다.

세계적인 기업의 총수가 남들보다 뭔가 모자란다는 건 상식적으로 얼른 이해되지 않을 것이다. 하지만 초등학교 4학년 중퇴학력인 그는 머리가 모자랐기 때문에 자기보다 더 똑똑한 사람들에게 일을 맡겼고, 몸이 약하기 때문에 힘든 일은 자기보다 더 힘센 사람에게 맡겼다는 것, 자기가 혼자서 할 수 없는 일을 계속해서 다른 사람들에게 믿고 맡겨 나가다보니 결국 세계적인 기업그룹의 회장이 되어 있더라는 것. 기업을 하는 사람이나 또는 사업을 하려는 사람들은 반드시 마쓰시다 회장의 이 경영철학을 항상 명심하면서 성공을 향한 아젠다(Agenda)를 설정하는 것이 바람직할 것이다.

스위스의 사상가이며 법률가인 칼 힐티(Carl Hilty 1833~1909)는 '위대한 사상은 반드시 커다란 고통이라는 밭을 갈아서 이뤄진다. 갈지 않고 둔 밭에서는 잡초만 무성할 뿐이다. 사람도 고통을 겪지 않고서는 언제까지나 평범하고 천박함을 면하지 못한다. 모든 곤란은 인생의 벗이다.' 라고 하였다.

일을 하다보면 누구나 어려움에 처하는 경우가 많이 발생한다. 그럴 때 우리는 흔히 좌절감을 맛보곤 한다. 특히 비즈니스 세계에서 고객이 거절했을 경우의 좌절감은 매우 크게 마음속에 남는다. 그러나이 때 고객의 냉대를, 어려운 환경을 자기 성공의 기틀로 전환시킬 수 있는 강한 의지로 표출해야 한다. 그것이 프로가 가져야 할 기본 요건이라고 할 수 있다. 어려운 일에 접하고 어려운 환경에 처할수록 이를 역으로 성공의 발판이 될 좋은 기회로 받아들인다면 분명 한 단계 발전한 자기 모습을 발견하게 될 것이다.

고난이나 역경은 나뿐만 아니라 성공한 사람들에게도 똑같이 있었다는 사실을 명심하자. 단지 그들은 그 곤란한 장벽에 굴하지 않고 힘차게 뚫고 나왔다는 것도 기억할 필요가 있다.

시련은 나를 한 단계 더 성숙시키는 기회의 장이라고 생각하자. 어려운 일에 접하고 어려운 환경에 처할수록 성공의 발판이 될 좋은 기회로 받아들인다면 분명 한 단계 발전된 자기 모습을 발견하게 될 것이다. 항상 나 보다 나은 대상을 목표로 삼고 살아가자.

준비된 자와 기회는 바늘과 실 같다

자기가 해야 할 일을 결정하는 사람은 세상에서 단 한 사람,

오직 나 자신뿐이다.

– 오손 웰스 –

관현악단의 세계적인 명지휘자로 모든 이들의 사랑과 존경을 받았던 이탈리아의 토스카니니(Toscanini, Arturo 1869~1957)는 원래 첼로 연주자였다. 그런데 그는 불행하게도 아주 심한 근시안(近視眼)으로 악보를 잘 볼 수 없는 약점을 가지

154

고 있었다. 토스카니니는 ‘나의 이 약점을 극복하기 위해서는 남들이 하지 않아도 되는 수고를 기꺼이 해야 한다.’ 고 생각했다. 그는 자기 약점을 남이 알면 일에 지장이 있을까봐 혼자 되새기며 더 열심히 노력했다.

그는 관현악단의 일원으로 연주할 때마다 앞에 놓인 악보를 볼 수 없었기 때문에 늘 미리 외워서 연주회에 나가곤 했다. 그때부터 그는 모든 악보를 완전히 암기한 후에 연주에 임하곤 했다.

그러던 어느 날, 연주회 직전에 그가 속해 있던 관현악단의 지휘자가 갑자기 몸이 아파 병원에 입원하게 되었다. 그런데 그 많은 오케스트라 단원 중에서 그날 연주할 곡들을 전부 외우고 있는 사람은 오직 한 사람, 그 당시 아직 미성년인 토스카니니뿐이었다. 하는 수 없이 그가 임시 지휘자로 단상에 서게 되었는데 이것이 바로 위대한 토스카니니가 탄생하게 된 계기가 되었다. 그때 그의 나이 불과 19세에 지나지 않았다.

만일 토스카니니가 심한 근시안이라는 자기 약점을 극복하지 못한 채 원망만 하면서 자기 처지를 한탄만 했다면 그는 첼로 연주자로서 관현악단의 한 사람이 되기도 힘들었을 것이다. 그러나 그는 자기 약점을 악보만 암기하면 충분히 극복할 수 있다고 확신하는 신념을 가지고 무조건 노력했다.

토스카니니를 위대하게 만든 것은 바로 이러한 그의 확고한 신념이었다. 약점을 살려 보다 더 강하게 살려고 노력한 그의 집념어린 소산의 결실이 그를 세계 최고의 명지휘자로 만들어 놓은 것이다.

♣❀ 소아미비 환자로 다리를 절게 되었지만 이에 굴하지 않고 미국의 제32대 대통령을 지낸 프랭클린 루즈벨트(Roosevelt, Franklin Delano 1882~1945)는 '사람은 자기 약점을 비판하는 것보다 장점을 키우는데 힘쓰는 것이 필요하다. 땅 속에 무진장한 금광이 있듯이 사람의 정신 속에도 파면 팔수록 빛나는 재능이 있다. 노력만이 그 재능을 빛낼 수 있다.' 고 하였다.

너와 나를 막론하고 누구나 크고 작은 약점을 갖고 있다. 당신은 어떤 약점을 갖고 있는가? 남들보다 키가 작고, 남들보다 지식이 없고, 남들에 비해 가난한 환경이고, 남들보다 능력이 없고, 남들보다 기술이 없고, 남들보다 못 생겼고, 남들보다 학벌이 없다고 혹시 생각해 본 적은 없는가?

그리고 이러한 것들이 자기 인생을 성공적인 삶에서 멀게 하고 있다고 생각하지는 않았는가? 그러나 나를 실패하게 하고 절망하게 하는 것은 드러난 약점이 아니라 그 약점을 지나치게 의식하며 살고 있는 자기 생각임을 명심하자. 약점을 오히려 강점이 되게끔 하자

인생에서 성공의 기회를 잡는 일은 남보다 선점(先占)하는 것에서부터 나온다. 선점이란 누구에게나 주어지는 기회가 아니다. 앞서기 위해서 늘 노력하는 사람에게만 그런 기회가 주어진다.

준비된 자에게 늘 새로운 기회는 온다. 미래는 준비하는 자의 것

이다. 항상 맡은 바 일에 게을리 하지 말자. 더 아름다운 미래를 위하여 오늘을 투자하자. 기회는 노력하는 자에게만 주어지는 선물인 것이다. 어제와 다른 오늘을 항상 준비하는 것이 성공비결이다.

자기가 할 수 없는 일이라고 무조건 자포자기하지 말자. 할 수 없는 일이란 없다고 생각하자. 약점을 살려 더 강하게 살려고 노력하는 사람에게 그 약점은 한갓 작은 걸림돌에 지나지 않는다. 준비된 자에게 늘 새로운 기회는 온다. 미래는 준비하는 자의 것이다. 항상 공부를 게을리 하지 말자. 더 아름다운 미래를 위하여 오늘을 투자하자.

절망은 죽음에 이르는 병이다

절망은 죽음에 이르는 병이다.

쉽게 절망하여 포기하면 마음까지 해친다.

– 키에르 케고르 –

《세계의 시민, 웨이크필드의 목사》를
저술한 영국의 뛰어난 시인이자, 소설가요, 극작가인 아일랜드 출생
의 골드스미스(Goldsmith, Oliver 1728~1774)는 지금도 세인들에게
회자되고 있는 위대한 인물이지만 그가 어렸을 때부터 총명했던 것

은 아니다.

똑똑하거나 남다른 부분이라고는 어디 한군데 찾아볼 수 없는, 오히려 보통아이들보다도 부족하게 보이는 아이었다. 그래서 그의 어머니는 아이의 장래가 불안하여 늘 이렇게 잔소리를 해댔다.

"스미스야, 언제까지 그렇게 멍청하게만 앉아 있을 거니?"

동네 사람들 또한 멍청하게 보이는 스미스한테 모두들 한 마디씩 했다.

"저 스미스라는 아이 좀 봐요. 저 애는 언듯봐도 멍청하게 보인다니까요. 커서 뭐가 되려는지, 원."

내성적인 성격의 소유자인 스미스는 이런 말을 들을 때마다 마음이 몹시 아팠다. 그러나 그는 어린 나이에도 불구하고 자꾸만 의기소침해지는 자신을 극복하기 위해 책을 읽으며 나름대로 상상의 나래를 폈다. 틈만 나면 책을 읽었다. 그렇게 어린 시절을 보낸 스미스는 자신만의 독특한 세계를 가지게 되었고 주위로부터 더 이상 모자라는 아이라는 소리를 듣지 않게 되었다.

하지만 그가 앓고 있던 난치병은 여전히 그를 괴롭혔다. '내 상황에서 최선을 다할 수 있는 일이 뭘까?' 그는 어릴 적부터 독서를 많이 했고, 글을 쓰는 일이라면 무엇보다 자신 있었다. 그는 매일 글을 쓰면서 시간을 보냈다. 그리고 쓴 글을 여기저기 신문사나 잡지사에 보냈지만 매번 되돌아왔다.

"그래, 내 글에 문제가 있는 게 틀림없어."

그때마다 스미스는 자신의 글을 다시 분석하고 고쳐 나갔다. 그것은 마치 제 살을 깎는 듯한 고통을 주었다. 그러던 어느 날이었다.

'골드스미스 씨 안녕하십니까? 당신의 글을 책에 싣고자 이렇게 통보를 드리니 곧 연락 주시기 바랍니다.'

어느 잡지사의 전보를 받고 그는 기쁨의 눈물을 한없이 흘렸다. 그 뒤 계속 글을 발표해 유명해진 그는 주위의 찬사를 한 몸에 받을 때마다 이렇게 말하곤 했다.

"내가 지금 누리고 있는 명성은 실패했을 때마다 좌절하지 않고 꿋꿋이 다시 일어섰기 때문에 가능한 것이었습니다."

성공을 하려면 마음이 살아서 꿈틀거려야 한다. 희망은 마음이 살아 있는 것이고, 절망은 마음이 죽은 것이다. 성공하는 사람은 언제나 가슴속에 희망의 등불을 켜는 사람이다. 위대한 인물은 희망으로써 절망을 이기는 사람이다. 당신 스스로 운명의 주인이 되어야 한다. 형설지공(螢雪之功)이라는 고사성어가 있다. 차윤(車胤)이 반딧불을 모아(聚螢) 책을 읽었다는 것과 손강(孫康)이 눈빛(映雪)에 글을 읽었다는 고사에서 나온 말로, 고생을 하면서 부지런히 공부하는 자세를 뜻한다. 어려운 환경 속에서 좋은 결과를 위해 노력하면 그 노력으로 합당한 열매를 맺게 되는 것이다. 그것이 세상의 이치이다.

희망은 인간을 성공으로 인도하는 신앙이다.

시련과 고통의 경험을 통해서만

강한 영혼이 탄생하고, 통찰력이 생기고,

일에 대한 영감이 떠오르며 마침내 성공할 수 있다.

신은 용기 있는 자를 결코 버리지 않는다.

우리가 할 수 있는 최선을 다할 때

우리의 삶에, 아니 타인의 삶에

어떤 기적이 일어날지 아무도 모른다.

헬렌 켈러

희망은 마음이 살아 있는 것이요, 절망은 마음이 죽은 것이다. 성공하는 사람은 언제나 가슴속에 희망의 등불을 켜는 사람이다. 위대한 인물은 희망으로써 절망을 이기는 사람이다. 운명의 주인이 되어야 한다.

좌절은 때로 인간을 훌륭하게 만든다

세상은 실패를 시행착오로 여기고 다시 일어서는 적극적인 사람들에 의해 주

도된다. 실패에 따른 절망보다 큰 유일한 절망은 그 실패를 극복할

야심을 잃어버린 사람들의 절망이다. 실패할 것을 두려워하기보다는

잘하는 것을 즐기지 못한 것을 두려워하라.

- 웨스 로버트 -

토마스 카알라일(Carlyle, Thomas 1795~1881)은 영국 런던의 청교도 가정에서 태어나 《프랑스혁명사》를 집필하여 세계적인 역사학자가 된 인물이다. 그는 젊은 시절 숨막히는 가난 속에서 약 7년 동안의 각고 끝에 프랑스 혁명사를 탈

고했다. 떨리는 마음으로 이 책이 출판된 후의 감격을 기대하면서 원고의 교정과 평가를 위해 역사를 좋아하는 유명한 철학자인 죤 일이라는 친구에게 읽어 봐 달라고 부탁했다.

그런데 죤 일은 그 원고를 응접실의 테이블 위에 올려놓고는 그만 깜박 잊어버렸다. 몇 주일 뒤 카알라일이 원고를 돌려 달라고 했을 때야 비로소 생각이 나서 원고를 찾았으나 없었다. 아무리 찾아도 없어서 하녀에게 "혹시 식탁 위에 올려놓은 원고를 본 적이 있느냐?"고 물었더니 하녀는 그 원고를 "하찮은 휴지로 생각하여 불쏘시개로 써 버렸습니다."라고 말하는 것이었다. 원고는 이미 아궁이에 불쏘시개로 들어가 다 타버리고 난 후였다.

그런 사실도 모르고 기쁨에 들떠 마냥 친구가 빨리 원고를 검토하고 갖다 주기를 기다리고 있던 카알라일에게 원고는 영 오지 않았다. 무작정 기다리기가 너무도 초조한 나머지 친구를 직접 찾아갔더니 그 친구가 너무나도 황당한 말을 하는 것이었다. 자기 집의 하녀가 불쏘시개로 오인해서 다 태워버렸다는 것이었다. 무려 7년 동안의 각고의 노력이 한 순간에 재가 되고 말았던 것이다.

카알라일의 심정이 어떠했을까? 원고 초안도 없는데…. 하늘이 무너져 내리는 느낌이었다. 너무 놀란 그는 실망과 좌절 속에서 나날을 보냈다. 하루하루를 자포자기의 심정으로 보내던 어느 날, 그는 창 밖을 보다가 멀리서 집을 짓는 광경을 목격하였다. 벽돌을 한 장, 한 장 쌓을 때마다 조금씩 높이 올라가며 집의 형태를 이루어가는 모습이 참으로 멋있고 아름답게 보였다. 하루가 다르게 집의 모습이 변해 갔다. 이때 그 모습을 보고 영감과 용기를 얻은 카알라일은 다시 붓을 잡고 글을 쓰기로 결심을 했다. '저 집을 짓듯이 나도 글을 다시 쓰면 된다,'고 다짐하면서.

그렇게 시작해서 3년에 걸친 피눈물 나는 노력 끝에 완성(1837년)한 것이 바로 세기의 불후의 명작인《프랑스 혁명사》이다.

♣ 이 예화는 설사 실수와 잘못이 있었다할지라도 그것을 넘어서는 용기가 있다면 오히려 실수는 더 놀라운 결과를 가져다준다는 것을 역설적으로 보여주는 교훈이라고 할 수 있다.

누구나 일생을 살면서 크고 작은 몇 번의 절망을 맞이한다. 그 절망을 극복한 사람은 앞으로 나가고, 그렇지 못한 사람은 그 자리에 남아 주저앉게 된다.

이 세상에는 절망하여 실패하는 사람보다 그것을 극복할 수 있는 지혜와 용기를 가진 사람이 더 많다. 이겨낼 마음만 있으면 이길 기회는 얼마든지 찾아온다.

그러나 이길 마음이 없으면 이길 방법도 없다. 잘 되느냐, 못 되느냐는 자신의 인내와 집념의 강도에 의해서 결정되는 것이다. 이겨낼 마음만 있으면 이길 기회는 얼마든지 찾아온다. 성공을 하려면 억척을 떨어야 한다.

희망을 찾아라.

만약 그대가 절망에 빠져 있다면

그럴 때는 어떻게 해야 하는가!

끊어진 희망을 다시 이어야 한다.

잃어버린 희망을 다시 찾아야 한다.

무엇인가를 소망해야 하고 무엇인가 희망해야 한다.

생각하면 가슴 떨려 설레이는

그 무엇인가가 있어야 한다.

그래서 그것만 생각하면 힘이 솟고

용기가 생겨서 삶에 의욕이 넘쳐야 한다.

희망이 있는 사람은 행복해 보인다.

얼굴이 밝고 활기가 넘치고 항상 최선을 다하게 된다.

나는 과연 무엇을 희망하고 있는지 스스로에게 물어보자.

혹시 내가 희망도 없고 꿈도 없이

하루하루를 살아가는 사람은 아닌지 생각해보자.

희망이 없는가? 소망이 없는가? 꿈이 없는가?

그러면 만들어야 한다.

반드시 만들어야 한다. 꼭 만들어야한다.

너무 절망스러워 도저히

희망과 소망이 없어 보일지라도

찾아보고 또 찾아야 한다.

그래도 없다면 억지로라도 만들어야 한다.

왜냐하면 더 이상 꿈을 꿀 수 없음은

죽음을 의미하는 것이기 때문이다.

엠마 골드먼(Emma Goldman, 1869~1940, 라트비아출생, 미국 작가)

절망은 때로 인간을 더 **훌륭하게** 만들어준다. 이 세상에는 절망하여 실패하는 사람보다 그것을 극복할 수 있는 지혜와 용기를 가진 사람이 더 많다. 이겨낼 마음만 있으면 이길 기회는 얼마든지 찾아온다.

166

아침이 오지 않는 법은 없다

약점을 살려 강하게 살라. 인간의 가장 위대한 힘은

그 사람의 가장 큰 약점을 극복하는 데서부터 생긴다.

어리석은 자의 특징은 타인의 결점을 들어내고,

자기 약점은 잊어버리는 것이다.

– 니체 –

일본 스미토모생명보험의 사장인 아라이씨는 한쪽 다리가 의족이다. 그는 성한 발 하나로 절뚝거리면서도 끝내 쓰러지지 않고 사장 자리에까지 올라선 입지전적인 인물이다. 그는 평소 마음속으로 언제나 이렇게 다짐했다고 한다.

"아침이 오지 않는 법은 없다."고

오늘은 밤이지만 내일은 아침이 오리라! 그는 한쪽다리가 없다는 핸디캡(Handicap)을 누구보다도 잘 이해했다. 그리고 그 핸디캡을 선의로 해석했다.

다리가 한 쪽밖에 없기 때문에 자기에게 더 성실할 수 있다고 생각하였다. 일 이외에는 아무 것도 할 수 없었다. 테니스, 골프 등 여가생활이라는 것을 모르고 지낼 수밖에 없었다. 남들이 휴일이면 레저와 스포츠로 시간을 보낼 때 그는 서재에 틀어 박혀 전문서적을 탐독하였다.

그는 자기 핸디캡을 오히려 장점으로 바꾸어 놓은 것이다. 그는 이렇게 말하고 있다.

"양쪽 다리가 성했다면 아마 평범한 샐러리맨으로 인생이 끝났을지도 모릅니다."

♣ 제2차 세계대전을 일으킨 장본인으로 20세기 인류역사에 가장 큰 영향을 끼친 인물 중 한 사람인 아돌프 히틀러(Adolf Hitler, 1889~1945)는 사실 초등학교밖에 나오지 않았지만 열심히 노력하여 오스트리아 재무부의 세관원이 되었다.

그는 학력의 핸디캡을 승화시키기 위해 남보다 더 열심히 노력했다. 젊은 시절 여러 가지 책과 신문, 소책자를 읽었고, 역사, 정치, 민족문제에 대해서도 꾸준하게 공부했다. 그 결과 비록 역사적으로 비판의 대상이 되었지만 독일 수상으로서 대국을 거느린 지도자까지 되었던 것이다.

영국 청교도혁명 당시 정치가였던 올리버 크롬웰장군(Cromwell, Oliver 1599~1658)이 어느 날 유명한 화가를 초청해 자기 초상화를 그려달라고 부탁했다. 일반적으로 화가들은 보통 얼굴의 흉터나 까만 점들을 감추고 실물보다 훨씬 멋진 모습을 그린다. 이 화가도 크롬웰의 얼굴에 나있는 커다란 사마귀를 그리지 않았다. 초상화를 들여다본 크롬웰은 화를 벌컥 내며 화가를 꾸짖었다.

"왜 내 얼굴의 사마귀를 그리지 않았소. 사마귀도 내 얼굴의 일부요, 당장 초상화를 다시 그리시오!"

화가는 크게 무안을 당하고 나서 그의 얼굴에 사마귀가 있도록 초상화를 다시 그렸다. 그제야 크롬웰은 화가의 손을 잡으며 노고를 치하했다. 사람들은 자기 약점을 은폐하려고만 하지만 크롬웰은 사람의 인격이란 정직에서 출발한다고 생각한 것이다.

제네바 오페라단 수석 지휘자이며 메트로폴리탄 오페라단의 공연을 지휘하기도 한 지휘자 제프리 데이트. 그는 세계에서 가장 모범적이고 훌륭한 지휘자 중 한사람이다.

그는 왼쪽 다리가 마비되어 서 있을 수가 없기 때문에 의자에 앉아서 지휘봉을 흔든다. 어려서부터 음악에 천재적인 재능을 보여준 그는 배고픈 예술가들의 말년을 걱정하는 부모의 권유로 의과대학에 진학하여 인턴수련까지 마쳤다. 하지만 음악을 포기하지 못하고 집념을 갖고 피아노 연주자로 활동하다 메트로 오페라단 지휘자 레빈의 권유로 지휘를 시작하여 그는 오늘날 정상을 달리고 있다.

♣ 사실, 약점이나 핸디캡(handicap)은 자기가 그렇다고 인정하기 때문에 생기는 것이다. 핸디캡이라고 인정하지 않을 때는 결코 장애가 되지 않는다. 이는 육체적 핸디캡에만 국한된 얘기가 아니다. 성격상의 단점, 학벌, 나이, 직업, 재산, 외모, 주변 환경 등등 어떠한 핸디캡이든 받아들이는 사람의 정신자세가 문제이다.

다른 사람들보다 부족하다고 느꼈을 때 그것은 좋은 자극제가 되고 촉진제가 된다. 그 부족한 점을 메우기 위해서 뛰다보면 오히려 더 많은 것을 얻게 된다. 조직 구성원들은 스스로 본인의 강점과 약점을 분석하여 약점을 보완하고 강점은 살려 조직에 꼭 필요한 인재가 될 수 있도록 노력해야 하고, 조직은 그러한 인재를 발굴하고 육성 관리하는 것이 선택과 집중전략의 성공 지름길이라 할 수 있다. 개인 또한 마찬가지이다.

스스로 핸디캡을 인정하지 말자. 살아가는 과정에서 넘어서야 할 하나의 투쟁 대상으로 보라. 부족한 면이 있는 대신 다른 사람보다 우수한 면도 가지고 있는 자기 자신을 바라보자. 핸디캡, 즉 자기의 부족한 면을 딛고 일어서면 다른 우수한 면과 합쳐 더 크고 능력 있는 사람이 되는 것은 자연의 진리라 할 수 있다.

운명에 도전하자.

자기 앞길에 어떠한 운명이 가로놓여 있는지를

생각하지 말고 앞으로 나아가라.

대담하게 자기의 운명에 도전하라.

그러면 물새 등에 물이 흘러 버리듯

인생의 물결은 가볍게 뒤로 사라진다.

운명을 두려워하는 자는 운명에 먹히고

운명에 도전하는 자는 운명이 길을 비킨다.

이것이 인생의 풍파를 헤쳐 나가는 묘법이다.

창조는 투쟁에 의해 생기는 법

투쟁 없는 곳에 인생은 없다.

청년에게 주고 싶은 말은 단지 세 마디뿐이다.

일하라! 더욱 일하라!

죽을 때까지 끝까지 일하라!

' 비스마르크

스스로 핸디캡을 인정하지 말자. 살아가는 과정에서 넘어서야 할 하나의 투쟁 대상으로 보라. 부족한 면이 있는 대신 다른 사람보다 우수한 면도 가지고 있는 자기 자신을 바라보라. 핸디캡을 장점으로 승화시켜라.

이 세상에 쓸모없는 것은 없다

잘난 나무들은 베어져 다리도 되고 훌륭한 건축물도 된다지만

다 그렇게 잘났다면 과연 산은 누가 지킬 것인가?

옹이 투성이에 가지도 비뚤어 될 성싶지 않은 그 못생긴 나무가

산을 지킨다. 못난 나무도 잘난 나무도 다 제 몫이 따로 있는 것이다.

- 이 한성 -

이 세상에 쓸모없는 것은 하나도 없다. 산에 가보면 잘 생긴 나무들은 기둥감, 서까래 감으로 다 잘리어 나가고 못생긴 나무들이 남아서 홍수 때는 산사태를 막아주고 오염된 공기에 산소를 뿜어 정화시킨다. 밭에 천덕꾸러기인 잡초만 해도 그

렇다. 곡식들이 잡초 속에서 살아남기 위하여 필사적인 노력을 한다. 그러는 동안 곡식들은 뿌리가 깊이 내리고 줄기가 튼튼해지고 잎이 싱싱해진다.

♣❋ 헬렌 켈러는 맹인이며 벙어리이고 귀머거리였지만 세계적인 인물이 되었다. 어느 날 건강하던 그녀가 병을 앓고 난 후 절망적인 상태에 빠져있을 때 사랑하고, 교육하고, 기도하며 함께 있어주고, 붙들어주고 일으켜 준 사람은 앤 설리반(Anne Sullivan)이란 여선생이었다.

아무런 쓸모없는 것 같이 여겨졌던 장애아 헬렌 켈러를 세계적으로 유명한 사람이 되게끔 만든 앤 설리반도 그 당시 쓸모없는 존재이기는 마찬가지였다. 앤 설리반은 정신병자였기 때문이다. 그녀는 미국 매사추세츠 근교의 한 병원 특실에 장기간 입원했던 가망 없는 환자였다. 의사들은 앤 설리반을 송장처럼 취급하고 희망을 두지 않았다.

그런데 그 병원에는 나이가 너무 많아 병원에서는 더 이상 쓸모없다고 생각하던 한 늙은 간호사가 있었다. 퇴직이 얼마 남지 않은 간호사였는데 그녀는 앤 설리반을 이해하고 관심을 주며 사랑으로 정성껏 돌봐 주었다. 나이 많은 간호사가 행한 사랑의 봉사는 앤 설리반에게 크나큰 변화를 불러일으키게 하였다. 그토록 불가능하게 보였던 정신병이 다 나았던 것이다. 이제는 집으로 돌아가도 좋다는 통보를 병원으로부터 받았으나 그녀는 돌아가지 않았다. 자기와 같이 불가능해 보이는 환자들을 돌보고 싶었기 때문인데 그때 만난 사람이 8살의 어린 장애아인 헬렌 켈러였다. 이렇게 헬렌 켈러의 배후에는 앤 설리반이 있었고, 앤 설리반의 배후에는 이름이 알려지지 않은 퇴직을 앞두었던 어느 늙은 간호사가 있었던 것이다.

♣ '2002 한 · 일 월드컵'을 치른 서울 마포 상암동의 월드컵 경기장 주변의 아름답고 드넓은 공원이 전에는 일명 '난지도'라고 불리던 쓰레기장이었다. 그 근처에 가면 악취가 심해 모두들 쓸모없는 땅이라고 생각했다. 사람들은 이구동성으로 그곳의 개발은 불가능하다고 생각했다. 그런데 쓰레기더미였던 난지도가 지금은 아름답게 변해 사람들에게 휴식공간을 제공해주는 것은 물론 울창한 숲이 되어 각종 새들과 곤충들의 서식처가 되어 있는 것이다.

길가에 놓여 있는 보잘 것 없는 돌멩이 하나가 물에 놓이면 작은 물고기들의 소중한 안식처가 된다. 산비탈에 웅크리고 있는 보잘 것 없는 한 그루 나무가 장마 때에는 산사태를 막는 고귀한 존재가 된다. 비탈길에 놓여있는 작은 돌멩이 하나가 주, 정차 시 큰 트럭이 밑으로 내려가는 것을 막아주는 버팀목 역할을 한다.

교향악단이 아름다운 하모니를 연출할 때 그곳에는 바이올린이나 첼로 같은 화려한 것만 있는 것이 아니라 그 뒤에는 트라이앵글 같은 작은 타악기의 도움도 있다. 아무 역할도 하지 못할 것 같은 것들이 실제로는 많은 도움이 된다. 우리가 쓸모없다고 생각하는 것들이 실제로는 음지에서 묵묵히 많은 도움을 주고 있는 것이다.

잠언시인 알렌 코헨은 '원하는 것을 얻기 위해 자신이 누구인지를 부인할 필요는 없다. 자기 자신을 존중할 때 우주가 돕는다.'고 하였다.

우리나라를 방문한 적이 있는 캐나다의 총리 장 크레티앙 자유당 당수는 선천적인 장애인이다. 왼쪽 안면 근육마비로 한쪽 귀가 멀고 발음이 불분명하여 그는 정치만화가들로 부터 회화적 대상이 되기도 했다.

그는 30년 정치생활을 '말은 잘 못하는 대신 거짓말은 안 한다.'는 정직함과 성실함으로 자신의 불리한 조건을 이겨냈다.

일반적으로 말을 할 때 '나는 쓸모없다.' 라고 하는 사람도 그 마음 한구석에는 그래도 남보다 나은 것이 하나는 있다고 생각한다. 그 마음속에 간직하고 있는 하나의 씨앗이 올바로 커 큰 열매를 맺을 때까지 자기에게 전력을 다하고 충실해야 한다.

받은 만큼 돌려주자.

여기 이 세상에서 우리의 삶은 참으로 알쏭달쏭하다.

이유도 모르면서 잠깐 왔다가는 인생이지만

가끔 어떤 목적이 있는 것처럼 느껴질 때가 있다.

나는 하루에도 몇 번씩 나의 내적, 외적인 생활이

얼마나 많은 사람들의 노력 위에

이루어지고 있는지 깨닫는다.

그리고 그들이 살아있는 사람이건

아니면 이미 죽은 사람이건

내가 받은 만큼 돌려주기 위해서

얼마나 열심히 노력해야 하는가를.

사람은 누구나 남보다 나은 것이 하나라도 있다는 생각을 갖고 있다. 따라서 그 마음속에 간직하고 있는 하나의 씨앗이 올바로 커 큰 열매를 맺을 때까지 자기에게 전력을 다하고 충실해야 한다.

절망은 희망의 또 다른 이름이다

신(神)이 우리에게 절망을 안겨주는 것은 우리를 죽이기 위해서가 아니라

우리 가운데 새로운 생명을 소생하도록 하기 위함이다.

- 헤세 -

세계 제2차대전 당시 미군 병사 중 해
롤드 러셀(Harold Russell)이라는 공수부대원이 있었다. 그는 전투
에 나갔다가 포탄에 맞아 두 팔을 모두 잃어 불구자가 되었다. 건강
했던 몸을 한 순간에 잃고 만 그는 참혹한 좌절에 빠져들면서 이렇게

자책했다.

"나는 이제 쓸모없는 하나의 고깃덩어리가 되었구나."

불구자로 변한 자기 몸을 바라보면서 끊임없는 절망감에 몸부림쳤다. 그러던 어느 날, 그는 문득 잃은 것보다는 가진 것이 훨씬 더 많다는 사실을 깨닫게 되었다. 아직도 자기가 할 일에 많은 가치가 있다고 믿었다.

그는 지체하지 않고 의사를 찾아가 의수를 달았다. 그뒤 눈물겨운 노력 끝에 의수로 타이프를 익혔고, 자기가 걸어온 인생역정을 글로 옮겼다.

그가 지은 글이 세상에 널리 알려지자 이번엔 그의 스토리를 영화로 만들겠다는 사람이 나타났다. 그리고 그를 그 영화의 배우로 출연시키겠다고까지 했다. 비록 불구의 몸이었지만 그는 직접 영화에 주연으로 출연하여 정성을 다해 혼신의 힘으로 연기를 해나갔다.

그 영화가 바로 1946년 제작된 《우리 생애 최고의 해(The Best Years of Our Lives)》라는 영화이다. 그는 혼신을 다한 연기 덕분에 이 영화로 일약 스타가 되었다.

영화배우라면 누구나 선망의 대상이 되는 아카데미시상식에서 남우조연상과 특별상을 수상하여 오스카(Oscar)를 2개나 동시에 따내는 진기록을 수립했다. 그는 거기서 받은 상금을 전액 참전상이용사를 위해 기부하였다. 시상식이 끝난 후 어떤 기자가 찾아와 그에게 물었다.

“러셀 씨! 당신의 신체적인 조건이 혹시 당신을 절망케 하지는 않았습니까?”

그러자 그는 결연한 태도로 대답했다.

“아닙니다. 나의 육체적인 장애는 나에게 도리어 가장 큰 축복이 되어 주었습니다. 여러분은 언제나 잃어버린 것을 계산할 것이 아니라 자기에게 남아 있는 것을 생각하고 신에게 감사하며 살면서 남은 것을 사용할 때 언젠가는 잃은 것의 열 배보다도 더 보상받을 수 있을 것입니다.”

♣ 좌절을 딛고 일어서서 인생의 찬란한 꽃을 피운 사람의 공통분모는 러셀의 고백처럼 실패할 때 잃어버린 것에 집착하며 좌절해버리는 것이 아니라 하나같이 남은 것들을 더 소중히 여긴 자들이었음을 주목해야 한다.

미국 대통령의 장애인 정책 보좌역으로 근무하는 강영우 교수는 시각장애인이다. 어릴 때 친구들과 축구를 하다 실명하여 평생을 눈 없이 지낸다. 젊은 시절은 좌절에 부딪쳐 여러 차례 자살하려고까지 했다고 한다. 하지만 “갖지 못한 한 가지를 불평하기 보다 갖고 있는 열 가지를 감사하자.”고 마음을 고쳐 먹으니 삶이 완전히 달라졌다고 한다.

우리가 잃어버린 것에만 눈을 돌릴 때 그곳에는 오직 절망밖에 보이지 않게 된다. 불가능밖에 없다. 그러나 그 잃은 것을 넘어 갖고 있는 것을 세어 보면 더 많은 가능성이 언제나 기다리고 있음을 알 수 있다. 사람들은 간혹 힘들다고 말을 한다. 더 나아가 미래에 대해 절망도 한다. 그러나 희망과 절망의 경계선은 '관점의 차이'에 있다고 할 수 있다. 만약 절망의 어둠만을 보고 있다면 그 사람은 자신을 비춰고 있는 희망의 빛을 보지 못한다.

그러나 반대로 희망의 빛을 보고 있다면 그 사람은 절망이 보이지 않을 것이다. 우리 인생에는 절망과 희망이 늘 함께 상존하고 있으므로 그 어떤 일을 하건 희망하는 것은 절망하는 것보다 낫다. 가능성의 한계란 그 누구도 측량할 수 없는 것이기 때문이다. 세상에 절망하는 것보다 더 큰 어리석은 짓은 없다.

사람은 희망에 속기보다는 절망에 더 잘 속는다. 그리고 스스로 만든 절망을 두려워한다. 무슨 일이 실패하면 비관하고 이젠 앞길이 막혔다고 생각해 버린다. 그러나 어떠한 실패 속에서도 아직 희망으로 통하는 길은 남아 있다. 희망의 봄은 달아나지 않고 당신이 오기를 기다리고 있다는 것을 알아야 한다. 사람의 굳은 뜻으로 못할 일이 없다.

인생의 성공을 원한다면 자기 자신에 대한 믿음으로 긍정적인 관점을 가져야 한다. 그리고 그 믿음의 긍정적 관점으로 희망을 바라보아야 한다. 그곳에 성공이 기다리고 있기 때문이다. 아직 남아 있는 잠재능력으로 최선의 노력을 경주한다면, 겨울을 깨치고 다가오는 봄처럼 희망은 벌써 당신 곁에 와 있음을 알 것이다.

절망하지 마라.

절망하지 마라. 설혹 너의 형편이

절망하지 않을 수 없더라도

그래도 절망은 하지 마라.

이미 끝장이 난 듯싶어도

결국은 또 새로운 힘이 생겨나는 것이다.

최후에 모든 것이 정말로

끝장이 났을 때는

절망할 여유도 없지 않겠는가?

F. 카프카

인생의 절망과 희망의 경계선은 관점의 차이에 있다. 절망은 전염된다. 털어내려고 노력해야 한다. 절망에 함몰되면 회생하려는 기력마저 없어진다. 희망은 절망 속에서 절망과 싸우면서 마련해 가는 것이다. 절망과 희망의 경계선은 관점의 차이에 있다.

제 4 장

가치 있는 행동이 성공을 낚는다

하나의 모범은 천 마디의 논쟁보다 더 가치 있는 것이다.

- 토머스 카알라일 -

당신은 가치 있는 삶을 살고 있는가?

미국에 명강사로 소문난 사람이 있었다. 어느 날 그는 수많은 사람이 모인 세미나에서 열변을 토하고 있었다. 그러다가 갑자기 호주머니에서 100달러짜리 수표 한 장을 높이 쳐들고 말했다.

"여러분! 이 돈을 갖고 싶지요? 어디 이 돈을 갖고 싶은 사람 손 한 번 들어 보십시오."

그러자 세미나에 참석한 많은 사람들 대부분이 너나할 것 없이 손을 번쩍 들었다. 그는 계속해서 말을 이었다.

"저는 여러분 중 한 사람에게 이 돈을 드릴 생각입니다. 하지만 먼저 나의 손을 주목해 주시기 바랍니다."

그러더니 갑자기 쳐들었던 100달러짜리 수표를 손으로 이리저리 마구 구겼다.

"여러분, 아직도 이 수표를 가지기 원하십니까?"

사람들은 갑작스러운 강사의 행동에 놀라면서도 역시 손을 들었다. 구겨졌어도 돈은 돈인데 라고 생각하면서.

"좋아요."

이번에는 그 100달러짜리 수표를 땅바닥에 던지더니 구둣발로 밟으며 더럽혔다. 그리고 땅바닥에 떨어져있는 구겨지고 더러워진 그 100달러짜리 수표를 집어 들고, 아직도 그 돈을 갖고 싶은지를 물었다. 또다시 대부분의 사람들이 손을 들었다. 이때 강사는 힘찬 어조로 다음과 같은 결론을 내렸다.

"제가 아무리 100달러짜리 수표를 마구 구기고 발로 짓밟고 더럽게 했을지라도 그 가치는 전혀 줄어들지 않습니다. 흙 속에 묻혀 있는 진주가 그 가치를 언제나 발휘하듯이 100달러짜리 수표는 항상 100달러짜리 수표의 가치가 있는 것입니다. 여러분도 인생이라는 무대에서 살아가려면 여러 번 바닥에 떨어지고, 밟히며, 더러워지는 일이 있을 것입니다. 실패라는 이름으로, 패배라는 이름으로, 또는 절망과 고통, 외로움이라는 이름으로 겪게 되는 갖가지 아픔들을. 그런데 그런 아픔들을 겪게 되면 사람들은 대부분 자기가 쓸모없는 사람이라고 평가절하하려고 합니다. 그러나 놀라운 사실은 실패를 하는 한이 있더라도 가치는 여전하다는 것입니다. 구겨지고 짓밟혀도 여전히 자기 가치를 가지고 있는 이 수표처럼 말입니다. 단지 진 흙 속에 묻혀 있어서 그 가치를 아직 올바로 발휘하지 못할 뿐입니다."

길거리에서 한 거지 노인이 바이올린을 켜고 있었다. 그런데 키는 솜씨가 서툴러서인지 사람들이 동전도 주지 않고 그냥 지나쳤다. 그 모습을 지켜보던 한 사람이 그 노인에게 다가와 잠시 대신 연주해도 되겠느냐고 물었다.

그 거지 노인이 마다할 리가 없었다. 그가 연주하자 참으로 아름다운 음악소리가 거리에 울려 퍼졌다. 바이올린 소리를 들으려고 많은 사람들이 모여들었고, 그들은 그 소리에 감탄하여 많은 동전과 지폐들을 던져 주었다. 이 바이올린을 켠 사람은 다름 아닌 세계적인 천재물리학자 알버트 아인슈타인(Albert Einstein 1879~1955)이었다, 이 바이올린처럼 악기 하나도 누구 손에 있느냐에 따라 가치가 달라지는 것이다.

한 청년이 위험한 파도 속을 헤엄쳐 가서 바다에 빠진 한 소년을 구조했다. 얼마 후, 의식을 되찾은 소년이 자기를 구해 준 청년에게 말했다.

"제 생명을 구해 주서서 정말 고맙습니다. 이 은혜 평생 잊지 않겠습니다."

청년은 소년의 눈을 지그시 들여다보며 말했다.

"괜찮다, 꼬마야. 다만 너의 생명이 구조할 만한 가치가 있었다는 것을 앞으로 너의 인생에서 증명해 보여라."

위의 세 이야기는 인간의 가치에 대한 의미를 함축적으로 제시한 일화이다. 사람은 각자 그 나름의 가치가 있다. '가치 있는 인생이 되고 싶은가? 당신은 가치 있게 살아가고 있는가? 당신은 얼마만한 가치의 내용을 지니고 있는가? 당신은 이것을 생각해 보았는가?'

성공한 인생은 가장 중요한 가치를 잃어버리지 않고 살아가는 인생이다. 세상의 부와 명예가 아니라 자기가 서 있는 분야에서 가장 높은 가치를 붙들고 사는 존재가 성공한 인생이다. 우리 인생은 이 가치의 싸움에서 낮은 가치를 포기하고 가장 높은 가치를 붙들 줄 알아야 한다.

우리 각자는 누구나 소중한 인격체이다. 우리가 이 세상에 태어난 그 자체만으로도 30억의 정자들 중 최후의 승리자라는 의미에서 실로 축복 받은 인생인 것이다. 따라서 부여 받은 인생이 가치 있게 빛날 수 있도록 뜻 깊게 삶을 살아가야 한다.

프랑스의 비평가인 프랑수아 드 라 로슈푸코는(1613~1680)는 '자연 속에 온갖 나무와 풀이 자라듯이 사람에게도 여러 가지 재능이 있다. 나무에 따라 꽃과 열매가 다르듯이 사람에 따라 저마다 특유의 재능을 가지고 있다. 작으나 크나 그대의 특성을 살리는 자신과 용기를 가져야 한다.' 라고 하였다.

'나는 이 우주 가운데에 있어서 오직 하나밖에 없는 진정한 보물'임을 인식해야 한다. '인간으로서의 존엄과 가치' 그리고 당당함이란 이름의 가치를 인정해야 한다. 그리고 자신의 모든 가치를 드높이고 스스로 그 가치를 동경해야 한다. 무엇과도 바꿀 수 없는 자기의 소중한 가치를 자각하면서 그 가치를 올바로 발휘해야 한다. 인생의 키워드, 즉 인생에서 가장 소중하게 생각하는 가치를 객관적으로 찾아 이를 승화시켜 나가야 한다. 우리가 존재 의미와 존재 가치를 살필 줄 알고 스스로 지닐 수 있다면 그리고 그 모든 가치 인식들을 지키고 사랑하려 한다면, 바로 그것들을 위해 보다 성숙된 눈과 넓은 시야를 가져야 한다.

가치를 올바로 파악하고 인식하는 패러다임(Paradigm)의 전환이 우선되어야만 더 나은 삶을 추구할 수 있다. 지금부터 나 자신의 가치에 대한 의지력을 불태우자.

이상은 드높게 가져라.

그대의 처신은 검소하게

이상은 드높게 가져라.

그리하면 겸손하고

너그러운 사람이 되리니

용기를 잃지 말고

하늘을 겨냥하라.

그대는 나무를 겨냥한 사람보다

훨씬 더 높은 곳을 오를 터이니.

조지 허버트

스스로의 존재의미와 가치를 살필 줄 알고 사랑하려 한다면 바로 그것들을 위해 보다 성숙된 눈과 넓은 시야를 가져야 한다. 참된 가치는 선에 있다. 내 인생의 키워드를 찾자. 군더더기 없는 생활 속에 정신적인 삶의 가치는 더욱 빛난다.

지혜는 인생경영의 알파적 요소이다

지혜의 시작은 어리석음을 면하는 것이다.

지혜 없는 힘은 그 자체의 무게 때문에 쓰러진다.

- 호라티우스 -

옛날 어느 양반집에 두 며느리가 있었
다. 하루는 두 며느리가 시어머니께 친정에 다녀오게 해달라고 간청
을 드렸다. 그러자 시어머니는 "오냐, 그러나 조건이 있다. 돌아올 때
큰며느리는 바람을 종이에 싸오고, 작은며느리는 불을 종이에 싸 가

지고 오너라. 알겠느냐?”

두 며느리는 그저 허락이 내려진 것만 기뻐하며 “예, 분부대로 하겠습니다. 어머님!” 하고는 너무도 그리운 친정으로 단숨에 달려갔다. 오손도손 친정 식구들과 시간 가는 줄 모르고 알토란 같이 즐겁게 보낸 며칠 후 시댁으로 돌아갈 날짜가 되었다. 두 며느리는 각각 친정어머니가 싸준 보따리를 한 아름씩 이고서는 아쉬움을 뒤로 한 채 친정을 나섰다. 시댁이 있는 마을 어귀에서 두 며느리가 만났다. 그런데 두 며느리는 마을 어귀에서 더 이상 발이 떨어지지 않았다. 시어머니가 내린 명령이 두 사람의 가슴을 눌렀기 때문이다.

불과 바람을 종이에 싸 가지고 오라는 시어머니의 명령을 지킬 수 있는 방책이 아무리 애를 써도 생각나지 않았던 것이다. 두 며느리는 너무 속이 타서 한탄을 하다가 그만 서로 부둥켜안고 엉엉 울었다.

그때 지나가던 마을 노인이 젊은 아낙네들이 우는 모습을 보고 그 이유를 물었다. 며느리들의 사연을 들은 노인은 빙그레 웃으며 방법을 가르쳐주었다. “바람을 종이에 싸는 건 종이로 만든 부채를 이르는 것이요, 불을 종이에 싸라는 건 종이로 만든 초롱을 말하는 거요. 그러니 ‘종이부채’와 ‘종이초롱’을 구해 가지고 들어가시오.” 두 며느리는 즉시 이를 실행에 옮겨 종이부채와 종이초롱을 장만해 가지고는 시어머니에게 드렸다. 시어머니는 자기 며느리들의 지혜에 기뻐하면서 “이젠 살림살이 걱정은 안 해도 되겠구나!”하면서 곳간 열쇠를 두 며느리에게 내 주었다.

일본에서 일어났던 실화로 이런 이야기가 있다. 가족과 친지 30여명이 바다로 낚시를 갔다가 돌아오는 길에 배가 고장이 나는 바람에 그만 망망대해에서 멈추어 서고 말았다. 그렇게 몇 시간이 흐르자 사람들의 안색이 차츰 변하기 시작하였다. 불안의 그림자가 얼굴에 찾아들기 시작했다. 밖은 점점 어두워져 갔고, 배를 수리하는 동안 배가 표류하여 방향을 종잡을 수 없었다. 이쯤 되자 너도나도 서로 우왕좌왕하면서 횃불을 들고 뱃길을 찾기 위해 뱃전으로 나섰다.

뱃전은 금세 북새통이 되었고 설상가상으로 험한 파도가 밀려오고 있어 자칫 아수라장으로 변할 찰나였다. 이 때 한 지혜로운 사람이 "각자 들고 있는 불을 끄십시오!" 라고 소리쳤다. 사람들은 그의 말을 좇아 불을 끄고 묵묵히 기다렸다. 그런 후 서로에게 기댄 채 얼마간의 시간이 흘렀다. 멀리서 육지의 불빛이 보였다. 그들은 갈팡질팡하는 갈등의 순간에 재치를 발휘한 동료의 지혜로 무사히 귀환할 수 있었다.

위의 두 일화는 냉철한 분석력을 가지고 슬기롭게 지혜를 발휘하는 것이 얼마나 삶에서 소중하고 가치 있는 일인지를 보여주는 교훈이라고 할 수 있다. 지혜는 능력에 우선하고 생활력의 부가가치를 높이는 인생경영의 플러스알파($+\alpha$) 적인 요소이다. 그러나 지혜는 저절로 얻어지는 것이 아니다. 유교 창시자로서 세계 4대 성현 중 한 사람인 공자(孔子·BC 552~BC 479)는 '우리들은 태어나면서

부터 지혜가 있는 것이 아니다. 옛 사람의 행적을 찾아보고 열심히 배워 지혜를 얻게 된다.'고 하였다. 따라서 온고지신(溫故知新)이요 타산지석(他山之石)인 것이다.

지금은 우직할 정도로 일만 잘한다고 해서, 성실하다고 해서 인정받는 세상이 아니다. 오늘날과 같은 치열한 경쟁사회에서 살아남기 위해서는 당연히 능력이 있어야 하지만 무엇보다 지혜가 있어야 하고 생활력도 있어야 한다. 고정관념을 타파하는 패러다임(Paradigm)의 전환과 문제해결능력, 위기관리 능력이 있어야 한다. 세상을 객관적이고 긍정적인 눈높이로 볼 줄 아는 혜안도 있어야 한다.

지혜를 넓힐 수 있는 좋은 아이디어는 사소한 곳에 있는 경우가 많으므로 항상 일을 하는 가운데서도 주변을 유심히 관찰하는 습관을 가져야 한다. 또한 먼저 자기가 하는 일에 가장 큰 효율을 거둬드릴 수 있는 방법을 터득해야 한다. 즉 지식을 쌓고 벤치마킹을 해가면서 지혜를 깨달은 뒤에 일을 행하는 자만이 적자생존의 선택을 받는다는 세상이치를 명심하자.

지혜로운 사람

지혜로운 사람은 역경을 누구보다도

예민하게 생각하고 생각이 깊기 때문에

장애에 누구보다도 많은 영향을 받는다.

약간의 불운은 그들을 망칠 수 있다.

현명한 사람은 혼자 있을 때에도 온 세상의 눈이

자신에게 쏠리고 있는 것처럼 조심스럽게 행동한다.

자신의 인생을 스스로 개척해 나가는 가운데서

인생의 성공은 자연히 따라온다.

발타자르 그라시안

인생에서 가장 분명한 것은 지혜로운 자가 적자생존의 선택을 받는다는 사실이다. 지혜를 키우자. 그러나 지혜는 저절로 얻어지는 것이 아니다. 부단한 자기계발과 지식의 향유를 위한 열정이 뒷받침되어야 한다.

참된 지혜는 향기가 배어 나온다

인생은 정해진 길을 가는 것이 아니다.

자기 열정을 따라 변화무쌍한 길을 걸어간다.

- 앤디 그로브 -

때는 임진왜란이 한창이던 무렵이다.
왜군이 쳐들어온다는 소식을 접한 마을 사람들이 피난을 떠나가는
데 가난한 농부는 쌀 한 가마니를 지고, 부자인 양반은 주머니 하나
에 금덩이를 가득 넣고 함께 길을 나서게 되었다. 양반은 무거운 쌀

가마니를 짊어지고 힘겹게 가는 농부를 보고 비웃었다.

"이 급한 피난길에 몇 푼 되지 않는 쌀가마니를 무겁게 지고 피난을 가느냐?"

점점 수풀 우거진 깊은 산 속으로 들어가게 되었다. 농부는 구슬땀을 흘리면서 가지고 간 쌀을 아껴가며 조금씩 먹었다.

하지만 양반은 금붙이 외에는 먹을 것을 장만하지 않았으므로 시간이 지나자 차츰 배가 고파오기 시작했다. 그래서 농부에게 말했다.

"이 금붙이를 하나 줄 테니 자네가 지고 있는 쌀을 나에게 다오"

금붙이 하나는 당시 시중 가격으로 환산하면 쌀 다섯 가마 값은 되었다. 양반은 매우 선심이라도 쓰듯 그렇게 이야기했으나 농부는 고개를 좌우로 흔들었다.

"아무리 전쟁 중이라고 하지만 내가 너에게 다섯 배나 되는 값을 치르겠다는 데도 부족하단 말이냐?"

농부의 반응에 부자는 화를 냈다.

행렬은 이어지고 두 사람 또한 계속 길을 걸어갔다. 하루 종일 굶은 양반은 이제 도저히 참을 수가 없었다.

"금붙이 다섯 개를 줄 테니 가지고 있는 쌀의 반만 나에게 다오"

그것은 일상가격보다 50배나 비싼 값이었다. 이번에도 농부는 들은 척도 안했다.

"아무리 전쟁 중이라고 하지만 이렇게 폭리를 취할 수가 있느냐?"

양반은 화를 냈다.

그렇게 하루가 지났다. 양반은 도저히 배가 고파서 견딜 수가 없었다.

"내가 가지고 있는 금붙이 반을 줄 테니 쌀 한 말만 나에게 다오."

그것은 일상가격보다 수백 배 비싼 것이었다. 그래도 농부는 말이 없었다. 양반이 또 재촉을 하자 농부는 고개를 좌우로 흔들었다.

"아무리 전쟁 중이라고 하지만 이렇게 할 수가 있느냐?"며 양반이 또 화를 냈다.

그렇게 며칠이 지났다. 양반은 더 이상 걸을 수가 없었다. 기력이 쇠진하여 곧 죽을 지경이었다. 신주단지 모시듯 했던 금붙이들이 그렇게 무거울 수가 없었다. 그래서 금붙이 주머니를 내던져버리고 걸었다. 그래도 힘에 부쳤다. 결국 길에 쓰러져 한 발자국도 더 걸을 수가 없었다. 그래서 농부에게 하소연을 했다.

"여보시오. 내가 지금 죽게 되었는데 물 한 모금만 떠다 주시오. 혹시 당신이 먹다 남은 밥이 있으면 나에게 주시오. 밥이라도 실컷 먹어보고 죽게."

그때서야 농부는 물을 떠다 주고 밥도 한 그릇 주었다.

이 이야기는 처한 환경에 따라 무엇이 소중한지 어떻게 처신하는 것이 현명한 것인지를 일깨워주는 일화이다. 이것이 지혜이다. 무엇이 바람직한 방법인지 항상 지혜로운 유비무환의 자세를 견지해야 한다. 사람은 처한 환경에 순응하면서 지혜롭게 행동해야 한다. 그리고 내가 가진 것을 하찮게 생각하고 남이 가진 것을 더 좋고 나은 것으로 평가하거나 또는 남이 가진 것을 하찮게 생각해서는 안 된다.

어떻게 쓰느냐에 따라 가장 값진 것이 될 수도 있고 아무 것도 아닌 것이 될 수도 있다. 아무리 값비싼 물건일지라도 상황에 따라서는 아무런 쓸모가 없는 것이 될 수 있다. 반대로 아무리 하찮은 물건일지라도 상황에 따라서는 요긴하게 쓰일 경우가 있다. 이렇게 모든 사물은 적재적소에 놓여 있을 때 그 가치가 십분 발휘되는 법이다. 내가 가진 것이나 남이 가진 것이나 모두 소중하게 생각해야 하며 그것을 필요한 곳에 적절히 쓸 수 있는 현명함도 가져야 한다.

무엇이 바람직한 방법인지 항상 지혜로운 유비무환의 자세를 견지해야 한다. 내가 가진 것이나 남이 가진 것을 모두 소중하게 생각해야 하며 그것을 필요한 곳에 적절히 쓸 수 있는 현명함도 가져야 한다. 환경에 순응하면서 지혜롭게 행동하자

시간은 손에 움켜쥔 모래알과 같다

인간은 항상 시간이 모자란다고 불평을 하면서

마치 시간이 무한정 있는 것처럼 행동한다.

우리에게 생명을 주는 그 시간이 그 생명을 빼앗기 시작함을 모른다.

- 세네카 -

미국의 정치가이자, 사상가이며, 발명가이기도 한 벤자민 프랭크린(Benjamin Franklin 1706-1790)의 시간관리에 대한 일화는 너무나도 유명하다.

벤자민 프랭클린이 젊은 시절 미국의 남부도시 펜실베이니아에서 서점을 운영할 때의 일이다.

하루는 어떤 나이 지긋한 사람이 책을 사러 왔다. 그는 한 권의 책을 골라 서점 주인인 프랭클린에게 건네주면서 책값을 물었다.

"젊은이, 이 책값이 얼마요?"

서점 주인인 프랭클린이 대답했다.

"예, 손님! 그 책은 1불입니다."

그러자 손님이 말했다.

"1불? 생각보다 비싸군. 좀 깎을 수 없겠소?"

"안 됩니다, 손님! 그게 정가라서요."

그러자 다시 손님이 다시 사정했다.

"그렇지만 젊은 양반, 이왕 말이 나왔으니 좀 깎아주구려."

그러자 프랭클린은 마지못하다는 듯이 말했다.

"좋습니다. 그러시다면 손님! 1불 20센트에 드리지요."

아니 깎아 달라고 했는데 20%나 더 올려 받자 너무도 황당하여 손님이 버럭 화를 냈다.

"뭐요? 1불 20센트? 아니, 당신 잘못 말한 것이 아니오? 우리 농담은 그만하고 어떻소? 20% DC 해서 80센트에 파는 것이…."

그러자 프랭클린은 정색을 하면서 말했다.

"손님! 계속 그러시다면 이제는 1불 50센트에 팔 수밖에 없습니다."라며 또 가격을 올렸다. 손님은 기가 막히다는 듯이 말했다.

"여보, 젊은 주인양반, 아니 값을 깎아달라는데 괜히 시간을 낭비하며 그게 무슨 소리요.”

그러자 프랭클린이 손님에게 하는 말이 걸작이었다.

“그렇습니다, 손님. 말씀 잘하셨습니다. 저에게 제일 귀한 것이 시간인데 손님이 그 시간을 뺏고 계시니 값을 더 받을 수밖에요. 저도 처음 1불에 파는 것이 훨씬 이익이었죠. 손님 또한 지금 저와 실랑이를 하시면서 아까운 시간을 헛되이 낭비하고 있는 것 아니신지요?”

그러자 그 손님은 잠시 무언가 골똘히 생각을 하더니 아무 말도 하지 않고 호주머니에서 1불 50센트를 꺼내 프랭클린에게 건네준 뒤 묵묵히 돌아서 서점 밖으로 나갔다.

벤자민 프랭클린은 이와 같이 젊은 시절부터 시간의 소중함에 대해 깊이 인식하고 철저한 자기관리를 토대로 목표관리에 충실하였다. 그 결과 프랭클린은 18세기 미국 문화사에 뚜렷한 족적을 남긴 위대한 인물이 되었다. 그는 유력한 신문의 발행인, 편집인이 되었고 펜실베이니아 대학의 모태가 된 학교를 설립했으며 미국 철학협회의 창립자이기도 하다. 그리고 잘 알다시피 1776년의 미국 독립선언서 기초위원으로 서명한 사람이기도 하다. 또한 과학기술자로서 번개가 전기의 방전이라는 사실을 밝혀내고 피뢰침을 발명하는 등 많은 업적을 남겼다.

그는 후에 사람들에게 강의를 할 때면 늘 시간관념에 대해서 이렇게 설파하였다.

"시간의 낭비만큼 큰 손실은 없다. 흘러간 시간은 다시 돌아오지 않기 때문이다. 시간은 아무리 많다고 하더라도 충분한 것이 아니므로 할 일은 그때 그때 처리해야 한다. 그리고 가치 있는 일을 하라."

우리는 시간의 소중함과 시간의 무서움을 익히 알면서도 벤자민 프랭클린처럼 시간에 인색해본 적이 있는가? 혹은 허송세월로 시간을 축내지는 않았는가? 우리들에게 시간은 무한정 주어지는 것이 아닌 소모성자본이라고 할 수 있다. 배움의 시간도, 일하는 시간도 한정되어 있는 것이다. 시간을 효과적으로 관리하는 데는 특별한 비결이 따로 없다. 시간에 인색해야 한다.

잠자는 시간은 반드시 필요하지만 그 외 시간은 시테크를 하여 효율적으로 보내야 한다. 간혹 출근 시간에 늦거나 업적이 미비할 경우 '아침에 일은 많은데 시간이 없어서' 또는 '방문할 곳을 다 방문할 시간이 없어서'라고 변명하는 사람들을 볼 수 있다.

이런 사람은 시간이 없는 것이 아니라 짜임새 있는 일의 배정과 시테크에 대한 설계를 잘못 하고 있는 것이다. 일과 시간에 쫓기어 허둥지둥 도망치는 시간의 도망자가 되어서는 안 된다. 일과 시간과 성공을 쫓아 추격하는 시간의 추적자가 되어야 한다.

일본의 한 샐러리맨이 30년 동안 살아온 자기 시간을 분석해 보았다고 한다. 30년을 날짜로 계산하니까 10,950일인데 그 중에서 잠을 잔 시간이 3,500일, 담배 피운 시간이 1,100일, TV를 본 시간이 775일, 차 타는데 소모한 시간이 691일, 관혼상제에 참석한 시간이

554일, 각종회의, 모임과 파티에 참석한 시간이 517일, 다른 사람 흉 본 시간이 441일, 술집에 간 시간이 266일, 도박한 시간이 258일이 었다고 한다. 결과를 따져보니 진짜 인간답고 보람되게 산 시간이 7 년 밖에 안 되었다고 한다. 30년 중 무려 23년은 전부 낭비한 인생을, 헛된 삶을 산 것이었다.

미국의 노먼 빈센트 필(Norman Vincent Peale 1898~1993) 목사 는 "일찍 자고 일찍 일어나고 부지런히 일하는 사람이 건강하고 부 자가 되며 현명한 사람이 된다."라고 말했다.

대개 다른 사람들보다 앞서서 성공한 사람들은 새벽을 깨우는 사 람이라고 한다. 특수한 직업이 아닌 한, 샐러리맨들은 늦게 자고 늦 게 일어나지 말고 일찍 자고 일찍 일어나는 습관을 갖는 것이 성공의 바로미터라고 할 수 있다.

나에게 주어진 시간의 잔고가 앞으로 얼마나 남았는지 그것을 어 느 누구도 알 수 없다. 그러나 손에 움켜 쥔 모래알처럼 한정된 시간 은 술술 빠져나가 버리므로 자기에게 허락된 시간을 헛되이 보내지 말아야 한다. 속도의 경제를 생명으로 하는 디지털시대를 맞아 이제 나 자신의 시테크도 한 차원 높게 재설정해야 한다.

하루 24시간 누구에게나 똑 같이 주어진 이 시간을 얼마만큼 효 율적으로 활용하느냐에 따라 인생의 성패가 좌우된다.

시간은 인생이다.

그대 인생을 사랑하는가?

그렇다면 시간을 남용하지 마라.

왜냐하면 인생이란 시간으로 구성된 것이기 때문이다.

인생이란 시간, 그 자체이기 때문이다.

시간은 돈보다 훨씬 더 값진 것이다.

시간은 인생이다. 인생은 시간이 쌓인 것이다.

시간은 인생을 만드는 재료인 것이다.

만일 자기 시간을 다른 사람을 위해

모두 사용한다면 진짜 자기는 결코 될 수 없다.

벤자민 프랭클린

인생에서 가장 큰 비극은 시간을 낭비하는 사람이다. 헛된 시간, 쓸데없는 시간에 세월을 낭비하는 사람이 인생의 가장 불행한 사람이요, 비극적인 삶을 사는 사람이다. 일과 시간과 성공을 쫓아 추격하는 추격자가 되어야 한다.

어떻게 사느냐가 중요하다

가라! 네 눈짓을 따르라. 네 젊은 날을 이용하고 배움의 때를 놓치지 마라. 무
릇 인생에서 가장 중요한 것은 '네가 지금 어디에 있느냐?' 보다는
'네가 어디로 향해 가고 있느냐?' 이다.

- 괴테 -

고대 희랍의 스토아학파 철학자 중 디
오게네스(Diogenes BC 412-323)라는 유명한 사람이 있었다. 온 국
민의 존경을 받고 있던 디오게네스는 평생토록 홑옷을 입고 통 속에
서 청빈하게 살았다. 하루는 그 나라를 정복한 패기 넘치는 젊은 왕

인 알렉산더(Alexander BC 356~323)가 '통 속에서 거지같이 사는 유명한 철학자가 있는데 국민들로부터 한 몸에 존경을 받고 있다.' 는 소문을 들었다. 이 소식을 전해들은 젊은 알렉산더 대왕은 그가 어떤 사람인지 만나보고 싶었다. 어느 추운 겨울 날 말을 타고 직접 디오게네스를 찾아갔다. 초로(初老)의 디오게네스는 마침 토굴 속에서 햇볕을 쬐기 위해 밖에 나와 앉아 있었다. 물론 옷도 제대로 입지 못했다. 그때 알렉산더는 위엄을 갖추고 말 위에서 디오게네스를 내려다보며 말했다.

"그대 디오게네스여, 무엇이든지 소원이 있으면 말하시오. 그대가 원한다면 이 나라의 절반이라도 주겠소"

햇볕을 쬐고 있던 디오게네스는 알렉산더의 왕관과 화려한 의복과 위엄에 찬 얼굴이 눈에 들어오지 않는지 한참동안 물끄러미 쳐다보다가 손가락 하나를 들어 좌우로 젓는 시늉을 하였다. 아무런 반응이 없자 디오게네스는 귀찮다는 듯이 이렇게 말했다.

"대왕님! 소금반 비켜 서 주시겠습니까? 대왕님이 태양을 가려서 제게 햇볕이 들어오지 않습니다."

알렉산더는 이 말을 들으며 반신반의하였다. 이제까지 자기에게 이렇게도 무례(?)하게 말한 사람이 단 한 명도 없었기 때문이었다. 디오게네스는 콧대 높은 젊은 왕을 똑바로 쳐다보며 다시 한 번 손사래를 쳤다. 한참동안 침묵이 흐른 후 알렉산더 대왕은 디오게네스의 곁을 떠났다.

알렉산더 대왕은 후에 "내가 알렉산더가 아니었더라면, 통 속에 사는 '디오게네스'가 되고 싶다."라고 술회하였다고 한다. 우연의 일치이지만 알렉산더보다 56살이 더 많은 디오게네스와 젊은 알렉산더는 같은 해인 BC 323년에 세상을 떠났다.

이 이야기는 '벼는 익으면 익을수록 고개를 숙인다.'는 진리를 일깨워주면서 무엇을 갖기보다 어떻게 사느냐 하는 삶의 처세술을 일깨워주고 있다.

아메리칸 인디언의 조상들은 상형문자(象形文字)를 사용하였는데, 어린이의 마음은 세모꼴(△), 어른의 마음은 동그라미(O)로 나타냈다고 한다. 사람은 누구나 대인관계에서 잘못을 범하고 살게 마련이다. 그때마다 양심의 가책을 받아 마음이 아픈 것을 느끼는데 그 이유는 세모꼴로 된 양심이 죄를 짓는 분량만큼 회전하면서 뾰족한 모서리로 마음을 긁어내기 때문이라는 것이다.

사람이 살아가면서 이러한 일이 무수히 반복되는 사이에, 어릴 때의 뾰족했던 모서리는 점점 닳아져서 어른이 되는 동안 모난 것이 하나도 없는 동그라미 모양으로 변한다는 것이다.

연꽃의 가치는 더러움을 이기고 깨끗함을 피워내는데 있다. 사람의 가치도 역시 욕망과 집착과 어리석음으로 가득한 마음의 어둠을 갈아 눈부시고 아름다운 행복의 꽃을 피워내는데 있는 것이다. 사람은 물질보다는 마음이 맑아야 큰 그릇이 될 수 있다.

행복한 전사

오직 신념을 이해하고 또한 마찬가지로

단 하나의 목표를 충실히 추구한다.

부귀나 명예나 속세의 출세 따위를

허리를 굽히거나 누워서 기다리지 않는다.

인생의 싸움터에서 어차피 이들에게

부귀와 명예는 따르게 마련이니.

마치 감로의 소나기처럼

머리 위에 퍼붓듯이.

워즈 워드

자아 발견을 위해 노력하고, 개성의 의미를 바르게 알고, 개성 있는 삶을 위해 노력하는 자세를 가져라. 항상 아름답고 고운 마음의 씨앗이 가슴 속에 움트도록 노력하라.

인생의 가치는 말년에 나타난다

사람은 누구나 그 어떤 면에서 나보다 더 나은 점이 하나라도 있다.

그것을 나는 그 사람한테서 배운다.

주는 자는 가르치고, 받아들이는 자는 배운다.

성심성의를 가지고 남을 도와주면 반드시 남한테 도움을 받게 된다.

이것은 인생의 가장 아름다운 보상의 하나이다.

– 랠프 왈도 에머슨 –

미국의 거부 하워드 휴우즈(Howard R. Hughes)는 대단한 미남이었다. 그는 '휴우즈 항공기 회사'를 설립했고 브로드웨이와 할리우드를 지배했다. 미남에다 돈 많은 휴우즈가 젊은 날에는 많은 미녀들과 관계를 맺었다. 그는 TWA 항공사와

ABC방송회사도 운영하여 막대한 유산을 남겼다.

그러나 그는 살아 있을 때 자선사업이나 남에게 베푸는 삶을 영위하지 못했다. 생애의 말년 10년을 이 사람처럼 외롭고 고독하게 지낸 사람은 없다. 그는 외부인을 전혀 만나지 않았다. 그래서 부하 직원도 그의 얼굴을 보지 못한 사람이 많았다. 사람이 와서 자기를 해치지나 않을까 하는 노이로제에 걸려서 모든 사람을 의심하고 만나지 않았던 것이다. 계열사의 사장들에게 지시할 때도 전화나 마이크로 하고 얼굴을 대하지 않았다.

또한 그는 음식을 마음대로 먹지도 못했다. '혹시 누가 내 음식에 독을 넣지 않았을까?' 하고 염려했기 때문이었다. 그의 준수한 용모에 매혹된 수많은 여자와 관계하여 자식들도 많았다. 그러나 그가 죽었을 때에는 어떤 여인도, 단 한 명의 자식도 찾아오지 않았다. 그의 많은 재산이 자신을 불행하게 했던 것이다. 그는 많은 돈과 공포의 노예가 되어 자유 없는 삶을 살았던 것이다. 그것이 그의 불행의 근본적인 원인이었다.

그에 비해 19세기 후반 미국의 석유산업을 독점하다시피해서 지금도 석유왕으로 일컬어지고 있는 존 록펠러(John Davison Rockfeller 1839~1937)는 그저 보통 사람이었다. 그는 한 때 오만하기도 했다. 스탠다드(Standard)석유회사를 설립하여 미국의 재벌이 되는 과정에서 동업자들을 압박하여 피해를 주기도 했다.

혈기왕성하던 그는 50대 초반에 들어서면서부터 온갖 성인병으로 인해 건강이 돌이킬 수 없을 정도로 악화되었다. 이때 록펠러를 진단했던 주치의는 "회장님께서 오래 살고 싶으면 이제부터는 돈을 버는 것이 아니라 쓰는 것에 대해 더 노력해 보십시오."라고 권했다.

그 후 록펠러는 자신의 삶에 대해 반추하고 회개하면서 자선사업가로 변신했다. 그는 말년에 많은 재산을 가졌으나 재산의 노예가 되지 않고 사회에 환원하면서 좋은 일에 썼다. 시카고대학, 록펠러 의학연구소, 록펠러 자선재단의 설립 등을 통하여 자신의 재산 대부분을 남을 위해 쓰는데 전념하였다. 그러다보니 건강도 좋아지고 장수하여 98세의 나이로 세상을 떠났다. 이와 같이 그는 좋은 일을 많이 하면서 사람들과도 명랑하고 행복한 대인관계를 유지했다.

어느 날 그의 아들 록펠러 2세인 넬슨(Nelson)이 자기 집 가정부와 결혼한다는 소문이 나자 기자들이 벌 떼처럼 몰려와서 록펠러에게 의견을 물었다. 한 기자가 "아드님이 가정부하고 결혼한다는데 그게 말이나 됩니까?" 라고 질문하자 그는 대답하기를 "우리 할아버지가 스코틀랜드에서 못살아 미국으로 이민 올 때 우리 집안은 며느리네 집안보다 형편없는 집안이었지요."라고 하여 기자들의 입을 막았다.

그 며느리는 결혼 후 대학에 진학했고 온갖 교양을 갖추어 미국 사교계의 큰 별이 되었다. 넬슨은 평생 박애사업과 종교사업 등 좋은 일을 많이 했다. 그의 손자인 록펠러 3세는 뉴욕 지사에 3선 연임하였으며 공화당의 거물이 되어 1975년에는 부통령이 되었다.

위의 두 사례는 '뿌린 대로 거둔다.'는 평범한 진리를 상기시키는 이야기라고 할 수 있다. 젊어서 사치와 방탕을 일삼는 사람은 말년(末年)에 영화가 찾아오지 않는다. 나만 생각하는 이기적인 사람은 비록 성공을 한다 해도 말년에는 대부분 비참하게 최후를 맞이한다.

인생은 초년이나 중년보다는 말년이 좋아야 한다. 그래야 사는 듯이 살다가 유종의 미를 거두고 갈 수 있다. 옛 속담에 '초년고생은 은을 주고 산다.'는 말이 있는데 이는 젊은 시절의 고생은 장래 발전을 위하여 중요한 경험이 되므로 그 고생을 달갑게 참아야 한다는 뜻이다.

그리고 성공을 하려면 나만의 독특한 개성이 있어야 하지만 결코 오만해서는 안 된다. 오만과 자만은 일시적인 성공을 거둘지 몰라도 영구적인 성공은 가져오지 못한다. 개성이 나의 장점으로 부각될 수 있도록 계발해 나가야 한다. 또한 베푸는 삶을 살아야 한다. 베풀면 베푼 만큼 더 많은 결실을 안겨준다.

내 자신을 먼저 변화시켰더라면

내가 젊고 자유로워 상상력에

한계가 없다고 생각했을 때

나는 세상을 변화시켜야 하겠다는 꿈을 가졌다.

좀더 나이가 들고 지혜를 얻었을 때

나는 세상이 변하지 않으리라는 것을 알았다.

그래서 내 시야를 약간 좁혀

내가 살고 있는 나라를 변화시키겠다고 결심했다.

그러나 그것 역시 불가능한 일이었다.

황혼의 나이가 되었을 때

나는 마지막 시도로 나의 가장 가까운

내 가족을 변화시키고 말겠다고 마음을 정했다.

그러나 아무도 달라지지 않았다.

이제 죽음을 맞이하기 위해

자리에 누운 나는 문득 깨닫는다.

만일 내가 내 자신을 먼저 변화시켰더라면

그것을 보고 내 가족이 변화하였을 것을.

또한 그것에 용기를 얻어 내 나라를

더 좋은 나라로 바꿀 수 있었을 것을.

그리고 누가 아는가!

세상까지 변화 되었을는지.

나만의 독특한 개성이 있어야 하지만 오만해서는 안 된다. 그 개성이 나의 장점으로 부각될 수 있도록 계발해 보자. 교육은 사람을 거듭나게 하는 묘한 마력을 갖고 있다. 인생은 결과로서 말한다.

좋은 습관은 성공자의 열쇠가 된다

독일인들에게 가장 자랑스럽게 생각하는 시인을 한 명 꼽으라면 대다수가 '가을'이란 시를 지은 에리히 케스터너를 물망에 올린다. 그의 문장은 독일 초등학교 학생들이 자국어를 배우는 데 기초로 활용할 정도로 정평이 나 있다. 에리히 케스터너가 어느 날 친구와 함께 장거리 기차여행을 떠났다. 피곤해진 그의 친구는 의자에 기대어 곤하게 잠을 자더니 갑자기 벌떡 일어나, "큰일 날 뻔했다. 하마터면 수면제 먹는 것을 깜박 잊어버릴 뻔 했구나!" 하면서 황급히 수면제를 입에 털어 넣고는 다시 잠을 자기 시작했다고 한다.

이와 같이 사람은 습관의 존재라고 할 수 있다. 그만큼 사람은 자기 몸에 밴 습관에 따라 행동한다. 인간의 의지와 행동은 언제나 습관에 의해 지배되어 왔다. 그래서 프랑스의 수학자이며 물리학자요, 철학자이었던 블레이즈 파스칼(Pascal, Blaise 1623~1662)은 그의 명저《팡세(Penses)》에서 '습관은 제2의 천성으로 제1의 천성을 파괴한다.'고 하였다. 인간은 좋은 습관보다는 나쁜 습관에 물들기 쉬우며 그것은 마침내 타고난 좋은 천성마저 파괴해 버린다는 것이다.

중국의 옛날이야기 한 토막이다. 옛날 어느 재상의 아들이 과거시험을 치르게 되었는데 실력이 매우 뛰어나서 누구나 당연히 합격될 줄로 믿었다. 그런데 막상 합격자 발표하는 날에 명단을 보니 그의 아들 이름이 없었다. 너무나 이상하게 생각한 재상은 시험관을 불러서 조사를 해보라고 지시했다. 그런데 시험관이 하는 말이 "답안지를 조사해 보니 글씨가 희미해 뭐라고 썼는지 도저히 육안으로는 알아볼 수가 없었습니다."라고 하는 것이었다.

아버지는 믿을 수 없어 집으로 돌아와 아들을 꾸중했더니 아들은 이렇게 말했다. "시험장에서는 집에서 글을 쓸 때와 같이 먹을 갈아 주는 사람이 없었어요. 그래서 할 수 없이 물에 붓을 찍어서 썼습니다." 아버지는 너무나 어이가 없어 할 말을 잃어 버렸다.

사람에게 가장 무서운 폭군은 낡은(나쁜) 습관이다. 그리고 세상에서 가장 나쁜 버릇은 의타심이다. 미국의 정신요법 의사이자 작가인 조지 와인버그는 그의 저서 《있는 그대로 바라보면 사는 법이 달라》에서 인간에게는 첫째, 항상 제대로 마무리하지 못하면서 시간과 에너지만 낭비하거나 일을 복잡하게 만드는 습관, 둘째, 일의 흐름을 자꾸 끊는 습관, 셋째, 신체에 해로운 습관, 넷째, 다른 사람을 불쾌하게 만드는 습관, 다섯째, 자기 자신을 바보같이 보이게 하는 습관, 여섯째, 자기 습관에 대해 관대한 태도 등 여섯 가지의 나쁜 습관이 있다고 하였다.

나쁜 습관은 항상 패배와 실패, 그리고 중도 탈락이라는 쓰라림을 안겨준다. 우유부단함이 습관으로 되어 있는 사람보다 더 비참한 사람은 없다. 무슨 일을 하든지 남에게 의지하는 습관을 갖게 되면 실천력은 자연히 떨어지게 된다. 어떤 일이나 스스로 하려고 할 때만이 실천력이 생기는 법이다.

'오늘 못하면 내일 한다.'는 내일 병의 습관, '할까 말까' 하면서 우왕좌왕하는 망설이는 습관, 아침 조회만 끝나면 그날 할일은 다한 양 착각하는 무사안일 습관, 안 되면 무조건 포기해버리는 자포자기 습관 등 수많은 습관은 당신의 성패를 좌우한다.

인간의 행동은 욕구, 정열, 탐욕, 사랑, 공포, 환경, 습관 등에 의하여 지배되어 왔는데 그중에서도 가장 무서운 폭군은 습관이다. 어차피 습관의 노예가 되어야 한다면 훌륭한 습관의 노예가 되자. 오늘 이 시간, 낡고 나쁜 습관을 벗어버리고 전력을 다할 수 있는 인내심을 갖고 새롭게 태어나야 한다.

일상에서 만들어진 습관이 결국은 자기 삶을 통제하고 자기가 가는 길을 지배하게 되는 경우가 비일비재하다. 스스로 나쁜 습관을 정복하지 못한다면 나쁜 습관이 결국 지배하게 된다.

'규칙은 가볍고 후회는 무겁다.' 는 말이 있는 것처럼 자기에게 할 일이 있고, 그 일을 하는 것이 자기에게 옳은 일이며 또한 꼭 이루어져야 한다는 것을 안다면 반드시 좋은 습관을 스스로 만들어 나가야 한다. 습관은 곧 생활인 것이다.

좋은 습관은 모든 성공의 열쇠이고 나쁜 습관은 실패로 향하는 지름길이다. 좋은 습관은 성공을 약속해 주는 시금석이다. 오늘 나의 낡은 습관을 과감하게 깨뜨려서 부숴 버리고 새로운 각오로 활기찬 새 삶을 시작하자. 좋은 습관의 노예가 되도록 하자.

생각이 바뀌면 운명이 바뀐다.

생각을 심으십시오. 그러면 행동을 거둘 것입니다.

행동을 심으십시오. 그러면 습관을 거둘 것입니다.

습관을 심으십시오. 그러면 성격을 거둘 것입니다.

성격을 심으십시오. 그러면 인격을 거둘 것입니다.

인격을 심으십시오. 그러면 운명을 거둘 것입니다.

땀을 흘리지 않는 사람에게는 진정한 행복이 없습니다.

사무엘 스마일즈

좋은 습관은 모두 성공자의 열쇠이며, 나쁜 습관이야말로 실패의 근원이 된다. 좋은 습관은 일생을 좌우한다. 성공한 사람과 실패한 사람 사이에는 단 한 가지 다른 점이 있는데, 이는 바로 습관의 차이이다.

하루 10분이 인생의 성공을 좌우한다

시간을 이용할 줄 아는 사람은 하루를 사흘로 통용한다.

시간은 언제까지나 당신을 기다리지 않는다.

소비된 시간은 존재이고 이용된 시간은 생명이다.

- 짐멜 -

미국 제 20대 대통령 제임스 가필드
(James A. Garfield 1831~1881)는 대통령 취임 4개월 만에 정적에게
암살당한 비운의 정치가였지만 후세에 교훈적인 많은 일화를 남겼
다. 그는 어릴 때부터 수재란 소리를 들었지만 가난한 집에서 태어나

학교에 들어가서도 책조차 제대로 살 수가 없었다. 그래서 어머니는 가필드에게 항상 이렇게 말하곤 하였다.

"얘야. 부모 노릇도 제대로 못해 미안하구나."

어머니의 말에 그는 태연스럽게 말했다.

"어머니! 걱정하지 마세요. 반드시 훌륭한 사람이 될 테니까요."

그러면 어머니가 다시 이렇게 말했다.

"그래, 부디 훌륭한 사람이 되어 남을 도울 수 있는 사람이 되어라."

제임스 가필드는 어머니의 이 말씀을 가슴 깊이 새겨 고생 속에서도 열심히 노력하여 윌리엄(William) 대학에 들어갔다.

초등학교부터 줄곧 우등생이었던 그는 대학에서도 수재로 평판이 나 있었다. 그런데 수학에 있어서 만은 그보다 나은 성적을 올리는 동급생 친구가 있었다.

'이번만은 내가 이긴다.'고 가필드가 모질게 마음을 먹고 공부해도 수학에 있어서 만은 번번이 2등에 그치고 마는 것이었다. '왜 그럴까?' 가필드는 한때 자기보다 그 친구의 두뇌가 우수한 것이 아닐까 하는 생각을 해보기도 했다.

그러나 누구에게도 지기 싫어하던 가필드는 그것만은 인정하지 않았다. 설령 그 친구의 머리가 좋다하더라도 자신이 매우 열심히 노력한다고 생각했기 때문에 해답이 머리에 떠오르지 않아 노심초사하였다.

분명히 무슨 이유가 있을 거라고 그는 믿었다. 그래서 친구와 같이 기숙사 생활을 하던 가필드는 그 원인을 찾기 위해 친구의 행동을 유심히 관찰하기 시작하였다.

그러던 어느 날, 한밤중에 공부를 끝내고 화장실에 가던 가필드는 라이벌인 친구의 기숙사 방이 그때까지도 불이 켜져 있는 것을 발견했다. 그리고 며칠 동안 계속 관찰해본 결과 그 친구 방의 불이 자기 방의 불보다 평균 10분 정도 나중에 꺼진다는 것을 알게 되었다.

가필드는 속으로 환호했다. '바로 이거야! 이 몇 분간의 시간이 승부를 결정지어 준 것이었구나!' 다음날부터 가필드는 방의 소등을 몇 분씩 연장하였다. 그 친구의 방에서 불이 꺼진 다음 10분 더 공부를 하고 잠을 청하였다. 그 결과는 대번에 나타나 마침내 좋은 성적을 얻었다. 그 결과 그 친구를 이기게 되고 수학에서도 1등을 차지하였다.

후일 자신의 모교인 윌리엄 대학의 총장을 거쳐서 미국 대통령이 된 가필드는 그때의 경험을 이야기하면서 티끌만한 틈, 불과 몇 분간의 시간을 이용해서 그 친구를 이겨냈던 경험이 어떤 싸움이나 승부에서도 자신을 갖게 만들었다는 고백을 했다. 그리고 대통령이 된 다음 취임사에서 이렇게 말했다.

"10분을 잘 활용하십시오. 그러면 그 10분이 모든 일을 성공으로 이끄는 원동력이 될 것입니다."

1분을 아끼는 정신, 10분을 더 노력하는 끈기와 열정, 이것이 바로 인생에서 월계관을 예약 해 준다. 1분 1초를 다투는 스포츠 승부세계에서는 촌각의 시간을 단축하기 위해 피눈물 나는 노력과 땀을 흘린다. 우리 인생도 따지고 보면 10분의 승부가 연속되는 것에 불과 하다.

미국 속담에 '시간과 밀물은 사람을 기다리지 않는다.' 라는 말이 있다. 10분이란 시간은 참 짧은 시간이다. 찰나에 불과하다. 그러나 인생에서 10분을 아낀다는 정신이 성공의 열쇠가 되는 경우가 많다. 비록 하루 10분을 절약하는 것이지만 이것이 우리네 기나긴 전 인생을 80세로 잡았을 때 자그마치 292,000분 즉, 4,870시간으로 무려 202일이나 된다. 10분을 아끼는 정신에서 찾는 투철한 승부욕만이 당신을 성공자로 이끌어 줄 것이다.

모든 일의 성패는 작은 것의 쌓임으로부터 이루어진다. 빗물이 모여 냇물을 이루고, 강물이 되고, 바닷물이 되듯이 작은 시간을 아끼며 유효하게 활용해야 한다. 남보다 더 앞서 가려면 촌음을 아껴야 한다. 우리네 짧은 인생은 시간의 낭비에 의하여 더욱 짧아지게 되는 것이다.

당신은 시간의 가치를 알고 있는가?

1년의 가치를 깨닫고 싶으면

재수하는 학생에게 물어보세요.

한 달의 가치를 깨닫고 싶으면

조산아를 출산한 어머니에게 물어보세요.

한 주일의 가치를 깨닫고 싶으면

주간지의 편집인에게 물어보세요.

한 시간의 가치를 깨닫고 싶으면

만나기를 기다리고 있는 연인에게 물어보세요.

1분의 가치를 깨닫고 싶으면

기차를 막 놓친 여행객에게 물어보세요.

1초의 가치를 깨닫고 싶으면

큰 교통사고를 낼 뻔한 운전자에게 물어보세요.

100분의 1초의 가치를 깨닫고 싶으면

올림픽에서 은메달을 딴 100m 경주 선수에게 물어보세요.

더글라스 아이베스터

사랑은 기적을 낳는다

만족하게 살고, 때때로 웃으며, 많이 사랑한 사람이 성공한다.

- 스탠리 부인 -

1970년 초 미국 존 홉킨스 대학 (Johns Hopkins University)의 어느 사회심리학과 교수가 자기 강의를 듣는 대학원생들에게 과제물을 내 주었고 이들에 의해서 한 가지 연구가 시작되었다. 행동주의 심리학의 영향을 받은 이들에게 주어

진 과제는 정서적으로나 경제, 문화적으로 가장 열악한 환경에 사는 볼티모어의 유명한 빈민가로 가서 그곳에 사는 청소년 200명의 생활환경을 낱낱이 조사하는 일이었다.

이들은 소년 200명의 삶을 세밀히 분석해서 25년 후의 삶을 과학적 데이터를 중심으로 미래에 대한 예견 평가서를 썼는데 평가서의 내용은 다음과 같이 거의 동일했다.

'이곳 아이들에겐 전혀 미래가 없다. 아무런 기회도 주어지지 않기 때문이다.'

그 연구의 일부가 완성되었을 때, 연구원들은 200명의 소년 중에서 196명은 적어도 몇 번씩 교도소에 들어가는 경험을 갖게 될 것이라고 예측하였다.

그로부터 25년이 지난 뒤, 그 대학의 또 다른 사회심리학과 교수가 우연히 옛날의 이 연구 조사를 접하게 되었다. 그래서 그는 학생들에게 그 200명의 청소년들이 25년이 지나 장년으로 변한 현재 어떤 삶을 살고 있는지 추적 조사하라는 과제를 내 주었다. 그런데 학생들이 어렵사리 조사한 결과 놀라운 사실이 밝혀졌다.

사망을 하거나 다른 지역으로 이사 간 20명을 제외하고 나머지 180명을 조사해 본 결과 무려 176명이 대단히 성공적인 인생을 살아가고 있었던 것이다. 그들의 직업도 변호사와 의사, 사업가 등 상류층이 많았다. 단지 6명만이 교도소에 들어갔던 경험이 있는 것으로 밝혀졌다. 25년 전 과학적 자료를 토대로 산출한 예언은 완전히 빗나가고 말았던 것이다.

담당 교수는 의아해 하며 그 이유를 찾기 위해 부심하였다. 25년 전에 선배 교수가 예견평가를 했던 결과와 너무나도 다른 정반대가 되었기 때문이다. 담당 교수는 직접 알아보기로 했다. 그래서 조사대상이었던 사람들을 찾아가 그 같은 부정적인 환경도 불구하고 어떻게 나쁜 길로 빠져들지 않을 수 있었는지를 인터뷰했다.

"당신이 성공할 수 있었던 가장 큰 이유가 무엇입니까?"

그런데 응답한 사람의 약 75%가 어떤 여선생님 덕분이라며 그녀의 이름을 이야기 도중 자꾸만 들먹이는 것이었다. 그래서 담당 교수는 수소문 끝에 은퇴한 그 여선생을 찾아내어 자초지종을 설명하면서 진지하게 질문하였다.

"도대체 어떤 기적적인 교육방법을 이용하셨기에 빈민가의 청소년들을 이처럼 성공적인 인생으로 이끌었습니까? 선생님께서는 어떤 방법으로 그들을 설득하셨습니까? 그들에게 어떤 가치관을 심어주셨습니까? 선생님께서 사용한 특별한 교육방법이 무엇입니까?"

늙었지만 아직도 빛나는 눈을 간직한 그 여교사는 잔잔히 미소를 지으며 이렇게 말했다.

"아닙니다. 나는 단지 그 소년들을 사랑한 것밖에 없습니다. 나는 정말 그 소년들이 사랑스러웠습니다. 그것이 전부예요."

대화하는 동안 나이 지긋한 그 여선생님은 항상 잔잔한 미소를 머금으면서 말했다. 그 모습이 상대방을 너무나 편안하고 어머님의 품

속같이 아늑하게 느끼게 해 주었다. 담당교수는 진정으로 사랑하는 한 사람의 힘이 참으로 놀라운 힘을 발휘할 수 있다는 것을 그 여선생을 통해 실감하면서 돌아갔다.

사랑은 이처럼 모든 것을 감싸주고 절망 속에서도 희망의 나래를 일으켜주는 신비한 힘이 있다.

오늘날 인류애의 화신으로 추앙받고 있는 슈바이처 (Schweitzer, Albert 1875~1965)는 적도 아프리카에 파견되어 평생을 가난한 사람들을 위하여 헌신적으로 의료 봉사한 선교의사이다. 하지만 그가 젊은 시절 의사가 된 후 아프리카로 가서 봉사하겠다고 했을 때 많은 사람들이 반대하였다. 교수직도, 목사직도, 즐기던 음악도 모두 버리다니, 그것은 세상을 포기하는 어리석은 짓이라며 불쌍히 여기는 사람들도 있었다. 심지어 어떤 사람은 그것은 현실도피이고 허영심이라고 비난하기까지 했다. 그러나 슈바이처는 다른 사람을 위해 헌신하는 것이 오히려 더 많은 것을 얻을 수 있는 값진 삶이라고 생각했다. 당시 그의 심정을 기록한 글에 다음과 같은 대목이 있다.

'인간에게 봉사하는 것은 인간을 사랑하는 것이며, 인간을 사랑하는 일이야말로 무엇과도 비교할 수 없는 숭고한 일이다. 나는 살아 있는 모든 존재에 대한 사랑을 통해서, 내가 꿈꾸는 나만의 이상을 실현해 보고 싶다.'

미국의 유명한 심리학자인 칼 매닝거(Menninger, Karl Augustus)는 '현대인의 모든 정신적 질병의 근본적 치유책은 오직 사랑밖에 없다.'고 하였다. 테레사 수녀의 말처럼, 사람과 사람이 모여 사는 세상에서는 사랑과 봉사와 희생의 꽃처럼 향기롭고 아름다운 꽃은 없다.

사랑이 있는 곳에는 희망이 흐르는 생명이 있다. 생명이 꽃이라면 사랑은 꿀과도 같다. 사랑을 받고 있다는 확신이 인간의 삶을 가장 행복하게 만드는 것이다. 사랑은 인간의 눈을 맑게 하고 심성을 밝고 또렷하게 해준다.

사 랑

사랑은 오래 참고 사랑은 온유하며

투기하는 자가 되지 아니하며

사랑은 자랑하지 아니하며 교만하지 아니하며

무례히 행치 아니하고

자기의 이익을 구하지 아니하며 성내지 아니하며

악한 것을 생각지 아니하며 불의를 기뻐하지 아니하며

진리와 함께 기뻐하고 모든 것을 참으며

모든 것을 믿으며 모든 것을 바라며

모든 것을 견디느니라.

사랑은 언제까지든지 떨어지지 아니하나

예언도 폐하고 방언도 그치고 지식도 폐하리라.

그런즉 믿음, 소망, 사랑

이 세 가지는 항상 있을 것인데 그 중에 제일은 사랑이라

성경 (고린도 전서 13장)